Babe, you got this.

van meisje met dromen naar vrouw met succes

#WORKMODE

SPECTRUM

Omslagontwerp: Purple Linings
Fotografie: Kee and Kee
Opmaak: Purple Linings

ISBN 978 90 00 35561 7
NUR 450, 780

Tiende druk, 2020

Dit boek is ook leverbaar als ebook: ISBN 978 90 00 35733 8

www.hashtagworkmode.com
www.spectrumlifestyle.nl

Spectrum maakt deel uit van Uitgeverij Unieboek | Het Spectrum bv.

INHOUD

Babe, you got this.

De road to success van vrouwen, inclusief fuck-ups, inspireert

Emilie Sobels

VOORWOORD

Emilie Sobels (29)

Lieve lezer,
Of kan ik beter zeggen: lieve jonge vrouw met ambitie? Want uit het feit dat jij dit boek hebt gekocht, gekregen of geleend kan ik opmaken dat jij ook zin hebt om er wat van te maken. Dat je grote dromen hebt en net als ik geïnspireerd wordt door de ervaringen en ideeën van succesvolle vrouwen die je voorgingen. En dat jij net als ik wel eens wilt weten hoe zij in hemelsnaam alle ballen hooghouden.

Dat vrouwen die een succesvol én gelukkig leven ambiëren met andere *roadblocks* te maken krijgen dan mannen, staat buiten kijf. Overigens betekent dat niet dat het voor mannen gemakkelijker zou zijn om succes te behalen. Het is simpelweg anders. Zo zijn wij vrouwen vaak nét iets gevoeliger, intuïtiever en zorgzamer als het om werk gaat dan mannen, uitzonderingen daargelaten. Dat zorgt ervoor dat wij een enorm potentieel als succesvolle *business babes* hebben; we voelen ons team immers haarfijn aan, hebben vaak de gunfactor en kunnen ons vanwege ons empathisch vermogen goed in de partij aan de andere kant van de tafel inleven. Maar het betekent ook dat we ons soms door hoogoplopende emoties iets eerder uit het veld laten slaan, meer last hebben van hormonale schommelingen en het spannend vinden om ver vooruit te kijken. En dan heb ik het nog niet eens over rammelende eierstokken. Allemaal heel normale verschijnselen waar mannen geen last van hebben, maar die wel stuk voor stuk van invloed zijn op jouw carrière. En hoewel succesvolle mannen ook enorm veel nuttige tips hebben, zijn succesvolle vrouwen toch net iets vaker mijn rolmodellen. Zij hebben te maken met dezelfde *struggles* als ik en daarom kan ik me aan hen spiegelen.

Als oprichter van Hashtag Workmode ontmoet ik dagelijks tientallen vrouwen met ambities. De één staat aan het begin van haar carrière, de ander runt al jaren haar eigen bedrijf. De meesten leer ik kennen doordat ze een werkplek bij ons willen huren, maar op evenementen of via mijn netwerk ontmoet ik ook geregeld interessante vrouwen. Na een paar honderd van dat soort gesprekken weet ik inmiddels dat er één ding is wat al deze vrouwen, jong of oud, gemeen hebben: ze zijn allemaal begonnen met werken vanuit hun passie. Verder zijn hun verhalen volledig uniek en bijzonder, en keer op keer stort ik me na zo'n gesprek met meer energie dan daarvoor op mijn eigen werk. Hun *road to success* inspireert, motiveert en geeft mij de kracht om ook míjn dromen waar te maken.

Tot nu toe bleven veel van deze verhalen bij mij, of binnen de muren van Hashtag Workmode. Omdat ik ervan overtuigd ben dat niet alleen ik of mijn huurders, maar alle ambitieuze vrouwen hier inspiratie uit kunnen halen, vond ik het tijd om de verhalen van deze vrouwen te delen. En niet alleen hun successen, maar ook hun *fuck-ups*. Van vrouwelijke ondernemers én vrouwen in loondienst, want wie zegt dat je per se je eigen bedrijf hoeft te hebben om succesvol en gelukkig te zijn?

Toen ik mezelf op een zonnige aprildag met Martje Haverkamp in gesprek vond, deelde ik voorzichtig mijn ideeën over het uitwerken van de verhalen van mijn vrouwelijke voorbeelden, in een boek. Haar enthousiaste reactie werkte aanstekelijk en toen wist ik: dit boek moet er komen. Op dat moment vielen alle puzzelstukjes op hun plek en wist ik ook ineens hoe we dit konden realiseren. Martje, begin twintig en zelf aan de start van haar carrière, leek mij de perfecte persoon om een twintigtal succesvolle vrouwen het hemd van het lijf te vragen.

Een selectieproces volgde. Dat had ik vanwege mijn keuzestress liever door iemand anders laten uitvoeren, want als het aan mij had gelegen, hadden er nóg honderd vrouwen ingestaan. Martje en ik kozen 22 vrouwen, elk nét even anders. De één actief in de mode- of beauty-industrie, een ander in de reisbranche. Iemand met een topfunctie bij een grote corporate en iemand met haar eigen topbedrijf. Vrouwen van verschillende afkomst, van verschillende leeftijden. De één kenden we al jaren, een ander kwamen we op het spoor via LinkedIn. Weer iemand anders ontmoetten we bij TEDxWomen, en een volgende spraken we toevallig via de chatsupport op haar website. Waarom we voor deze vrouwen kozen? Omdat ze krachtig in het leven staan en tegelijkertijd niet bang zijn om over hun onzekerheden te spreken. Ze gaan met eindeloos veel energie en passie hun dromen achterna.

In dit boek deelt Martje met jou, aan de hand van een aantal onderwerpen, de ervaringen, levenslessen en adviezen van de vrouwen die ze sprak. Over bepaalde kwesties blijken hun meningen verdeeld, op andere vragen antwoorden ze bijna allemaal hetzelfde. We trokken voorzichtig conclusies uit wat zij zeggen, maar ik wil alvast benadrukken: jij trekt die van jou.

Ik hoop dat jij uit *Babe, you got this.* haalt wat voor jou belangrijk is en dat je ontdekt dat ondanks alle positieve plaatjes op social media, ieder meisje en iedere vrouw last heeft van onzekerheden en twijfels. Ik hoop ook dat je je na het lezen krachtig en zelfverzekerd voelt, in jezelf gelooft en zin hebt om ervoor te gaan. Want je bent nu misschien nog een meisje met dromen, maar het lezen van dit boek helpt jou uit te groeien tot een vrouw met visie en succes. Het helpt je herinneren aan het feit dat ook jij kunt gaan voor jouw eigen idealen en ideeën. Binnen een bedrijf of met het runnen van je eigen toko, dat maakt niet uit. Met hard werken ga je bereiken wat je wilt bereiken. Je hebt het in je. Ook jij bent een *girlboss.*

Liefs, Emilie

JIJ BENT VAST NET ALS IK

Martje Haverkamp (23)

Jij bent vast net als ik. Een meisje met dromen. Vastberaden om deze waar te gaan maken. Je hebt hoge verwachtingen van jezelf en van het leven. En ook al heb je ondertussen al veel bereikt, je wilt altijd meer. Je wilt het liefst beter dan best zijn. Succesvol en daarmee heel erg gelukkig. Omdat je ziet dat het kan. Omdat je denkt dat het moet. Of omdat je daar gewoon heel erg lekker op gaat.

Tegelijkertijd verlang je naar rust. Een gevoel van 'nu is alles goed'. Maar ondertussen vraag je je ook af of je ooit die staat van perfectie gaat bereiken. Want wanneer ben jij eigenlijk écht gelukkig? Of tevreden? Welke kant moet je op? Waar ben jij goed in? Wanneer kun jij jezelf in de spiegel aankijken en vol zelfvertrouwen zeggen dat je trots bent op de vrouw die je voor je ziet? Is dat op de dag dat jij die droombaan binnensleept? De wereld verovert met je eigen bedrijf?

Als jonge ambitieuze vrouw (uit een dorp op de Veluwe) ken ik je vragen. Vijf jaar geleden vertrok ik met mijn vwo-diploma en dromen op zak naar Amsterdam om daar Media, Marketing and Publishing te gaan studeren. Mijn toekomstdroom? Mijn eigen bedrijf of merk opzetten. Ik zat vol ideeën maar was zo druk met mijn studie, stages of werk dat er geen ruimte was om een van die concepten echt uit te werken. Elke klus of baan die ik kon krijgen was er toch een die ik niet kon laten lopen? Bovendien had ik ook geld nodig om al die etentjes, stedentrips en mijn liefde voor de mooiste kleding, tassen en schoenen te kunnen betalen. Of die veel te dure sportschool waar ik minstens vier keer per week moest staan zweten.

Drie stages en een te gekke baan bij *Glamour* later vond ik mezelf vorig jaar terug in een kleine identiteitscrisis. Was dit het juiste pad voor mij? Wat wilde ik nou écht? En hoe moest ik daar komen? Mijn Instagram-feed gaf de buitenwereld het idee dat het ontzettend goed met me ging, vanbinnen voelde ik dat niet. Ik was streng voor mezelf. Vergeleek mijn leven met de ideaalbeelden van anderen op social media en liep werkafspraak na sociale afspraak af omdat ik bang was anders bepaalde kansen of gezellige uitjes mis te lopen. Ik stortte geregeld even helemaal in, maar herpakte me dan weer om vervolgens nóg harder door te racen. Het was nu of nooit, dacht ik. En bovendien nooit genóég.

Geloof jij in toeval? Ik denk dat mijn pad vorig jaar april niet zomaar dat van Emilie kruiste. Zij wilde de verhalen van andere succesvolle vrouwen delen, ik was op zoek naar antwoorden. Hoe waren al die succesvolle vrouwen gekomen waar ze nu staan? Hoe wisten zij welke kant ze op moesten? Hoe gaan zij om met tegenslagen? Durven zij ook wel eens iets niet? En worden zij ook wel eens onzeker van al die perfecte Instagram-plaatjes? Hoe verkopen zij zichzelf of hun ideeën aan anderen? Hoe bouwden zij een ultiem netwerk op? En bovenal: hoe combineren zij al hun ambities én hun sociale leven zonder knettergek te worden?

Ik vroeg advies aan ondernemers Nina Pierson, Hanna Verboom, Madeleine van Schendel, Marcelle Mudde, Wendy Bogers, Evelien de Vries, Madri van Veldhuizen, Ginny Ramkisoen, Mariëlle Smit, Lotte Brunninkhuis,

Milou Verbeke, Joëlla Opraus, Nathalie van Wingerden en natuurlijk Emilie Sobels, zakenwonders Marloes Pomp, Suzanne Berings en Jeranne Koekkoek, hoofdredacteur Sanne Groot Koerkamp, creatieve freelancers Nicole Huisman, Eve Tomaszewski, Anne van Laarhoven en blogger Elisah Jacobs. En als kroon op dit alles kregen Emilie en ik de kans om de *Girlboss of all Girlbosses* voormalig Europees Commissaris Neelie Kroes een aantal vragen te stellen.

De één sprak ik vanwege haar drukke schema via de telefoon, de ander bezocht ik op haar kantoor of ontmoette ik in een koffietentje. Ieder gesprek was anders. Allemaal even inspirerend. Ik had eyeopeners, kreeg nieuwe ideeën. Meer overzicht en minder stress. Een tevreden gevoel met ruimte voor een versterkte energie om mijn dromen waar te gaan maken. Dit project maakte mijn vertrouwen in mezelf bereikbaarder en groter dan ooit. En ik hoop dat jij dat, met het lezen van dit boek, ook zult ervaren.

THE PRESSURE IS HIGH

zeker met al die ideaalbeelden op social media

Iedere dag worden we geconfronteerd met succesverhalen in tijdschriften, op onlinemagazines en blogs. En het ene na het andere perfecte plaatje komt voorbij op Facebook of Instagram. Het ligt er natuurlijk maar net aan wie je volgt, maar als ik door mijn feed scrol, staat deze vol met afgetrainde lichamen, ploppende champagneflessen en teksten als *'working on a secret project #exciting!'*. Dat ene meisje van 21 heeft al haar eigen kledinglijn, die ander van 24 heeft net promotie gemaakt. Vriendin A is nu al afgestudeerd als meester in de rechten en vriendin B vertrekt net weer met een grote backpack naar Schiphol. En dan zijn er nog de vrouwen die al écht iets blijken te hebben betekend voor de wereld. Ze geven bijles aan een vluchteling, rennen 42 kilometer om geld in te zamelen voor onderzoek naar kanker of laten hun stem horen binnen de politiek.

De beelden van andere succesvolle vrouwen met de mooiste levensvisies, een eigen bedrijf, de allertofste baan, een perfect lichaam, de mooiste outfits, leukste vriendjes en vriendinnen doen ons verlangen naar dat wat wij (nog) niet hebben of aan het doen zijn. Wees eens eerlijk: hoe vaak heb jij het gevoel dat je achterblijft? Iets mist? Is het je eindelijk gelukt om een week geen chocolade aan te raken, staat vriendin C megastrak in haar velletje op een surfplank op Bali. Heb je net getekend voor een te gekke nieuwe baan, verhuist vriendin D naar New York om daar aan een ultiem coole job te beginnen. En je weet het best: het is niet meer dan logisch dat jij terwijl jij bezig bent met het schrijven van een boek (!) niet óók die wereldreis kunt maken. Maar het raakt je toch. Hoeveel je ook al hebt bereikt, het kan altijd beter. Er is zo veel mogelijk. Dat zie je continu om je heen. Ben je wel met het juiste bezig?

Hoewel niet alle jonge vrouwen met wie ik dagelijks spreek het direct toegeven, weet ik dat het merendeel er last van heeft: die keuzestress, en dat gevoel te verbleken naast al die ideaalbeelden op social media. We voelen druk. En bovendien een grote angst om te falen. Ik ben benieuwd hoe de vrouwen die ik mag interviewen hierover denken. Voelen zij dat niet? Of ook? En hoe gaan ze daar dan mee om?

Een van de eersten die ik ernaar vraag is Hanna Verboom (34). Als knappe, bekende actrice is zij een voorbeeld van iemand naar wie wij als jonge vrouwen opkijken. Drie jaar geleden stapte ze uit de spotlights om de droom om haar start-up Cinetree.nl te beginnen, een kans te geven. Naast het runnen van dit filmplatform is ze al een aantal jaren betrokken bij haar stichting Get It Done, waarmee ze crowdfunding organiseert voor kleinschalige projecten. Tot voor kort waren dit ontwikkelingsprojecten, maar vanaf 2017 focussen ze zich voornamelijk op lokale projecten in Nederland. Tijdens het interview bij Hanna thuis in Amsterdam, op haar jaloersmakende donkergroene 'Instagrammable' sofa, vertelt ze me dat ze zich erg bewust is van de druk die social media op ons leggen. 'Alles werkt eraan mee om te zorgen dat wij denken dat we iets missen, dat we iets moeten kopen of doen. Of dat we mooier moeten worden,' zegt ze. En ook haar laat het niet koud. 'Ik denk dat er weinig mensen zijn die op Instagram kijken en daar niet door worden beïnvloed. Het wakkert automatisch een vergelijkingsmechanisme aan. En dat is logisch, we zijn als mensen geprogrammeerd om erbij te willen horen. Daarom werkt het ook heel goed. We zijn continu bezig met het planten van kerstbomen. We hangen onze socialmedia-accounts vol met kerstballen. "Kijk eens wat ik doe, kijk eens wat ik heb!"'

'Het is volgens mij belangrijk om te onthouden dat social media een gefilterde kijk op het leven geven,' zegt Anne van Laarhoven (28), eigenaar van Annecdote, een *creative studio* gespecialiseerd in copywriting & branding voor mode- en lifestylemerken. Ik spreek haar op de 'Brouwers', een van de Hashtag Workmode-locaties aan de Brouwersgracht, waar ze een vaste werkplek huurt. Volgens de nuchtere, van oorsprong Brabantse Anne is het logisch dat we veel positief nieuws delen op social media. 'Wie zit er nou te wachten op alleen maar negatieve berichten?' zegt ze. 'Ik deel zelf ook alleen mooie plaatjes op Instagram. Het is voor mij een visuele uitlaatklep, geen realistische afspiegeling van mijn leven. Het kan misleidend zijn, al die "perfecte" beelden. Daardoor krijg je het gevoel dat iedereen een fantastisch leven leidt. Dat idee heb ik ook wel eens, maar ik herpak mezelf altijd weer snel, omdat ik me bewust ben van het onrealistische beeld dat er wordt geschapen. Ik probeer me vooral te laten inspireren.'

Ondernemer Madri van Veldhuizen (33) die ook een bureau bij Hashtag Workmode huurt, runt een agentschap voor het cameramerk Lomography en heeft haar eigen business Photoautomat Amsterdam, waarmee ze vintage analoge fotohokjes uit de jaren zestig restaureert en op hotspots in Amsterdam neerzet. Ze is moeder van een zoontje van drie en woont met haar gezin in Rotterdam. In ons gesprek noemt ze de term *'Fear Of Missing Out'*. Daar heeft ze af en toe wel last van. 'Waarom weet ik niet, want ik heb alles wat ik wil,' zegt ze. 'Toch wringt het soms als je continu ziet wat anderen aan het doen zijn.' Hoe ze daarmee omgaat? 'Ik ben niet zo heel actief op social media. Voor mijn bedrijven wel, maar op mijn persoonlijke accounts niet.'

De vrouwen die ik spreek herkennen de druk om te presteren, die extra gevoed wordt door alles wat we op social media voorbij zien komen. Het valt me op dat een aantal van hen ook last heeft, of heeft gehad, van de hype om naast je andere ambities zo hard te trainen dat je lichaam eruitziet als dat van een model.

Nathalie van Wingerden (34) vertelt me bijvoorbeeld dat ze op een gegeven moment merkte dat ze helemaal niet blij was met hoe ze eruitzag. 'Ik denk dat het kwam doordat ik alleen maar perfecte lichamen op Instagram voorbij zag komen,' zegt ze. 'Eerder had ik dat namelijk nog nooit zo sterk gehad.' Nathalie is medeoprichter van How 2 Spend It, een platform waarop je alles kunt vinden over geldzaken. Ze wordt blij van lekker eten en gezelligheid, en ze sport wel, maar noemt dat niet haar hobby. Ooit deed ze een master in Gender Studies en voordat ze fulltime voor How 2 Spend It werkte, hield ze zich voor verschillende overheden altijd bezig met thema's op het gebied van emancipatie.

Haar compagnon Joëlla Opraus (33) is moeder van een zoontje van drie. Ze woont samen met hem en haar man in Ridderkerk. Voordat ze How 2 Spend It startte, werkte ze in de financiële branche. Eerst voor banken, daarna in de schuldbemiddeling. Het viel haar in die tijd op dat het onderwerp 'geld' voor veel mensen echt frustrerend kan zijn. Daar wilden zij en Nathalie met How 2 Spend It verandering in brengen. Een strak lichaam was voor haar nooit prioriteit, maar door alle #fitgirls ging ze er wel meer over nadenken. 'We moesten allemaal een blokjesbuik hebben en aten alleen nog maar sla,' zegt ze. 'Ik sportte niet en was bang dat ik er niet uit zou zien. Als je net even lekker op de bank zit en iedereen staat in de sportschool, dan ga je je toch afvragen of je iets niet goed doet. Ik ging bij mezelf te rade: laat ik me opjagen door deze *health hype* of heb ik er vrede mee dat sporten er even niet in zit voor mij in deze fase met mijn gezin en bedrijf? In plaats van dat ik als een gek ben gaan sporten, heb ik alle fitgirls ontvolgd. Dat werkte eigenlijk heel goed. Zo had ik er geen last meer van.'

Adjunct-hoofdredacteur *LINDA.* en hoofdredacteur *LINDA.Meiden* Sanne Groot Koerkamp (35) is op het moment dat ik haar interview nog

Je kunt tien MBA's hebben maar nog steeds de emotionele intelligentie van een teenslipper

Suzanne Berings

hoofdredacteur van *Glamour*. Ze komt uit een dorp in Groningen en begon haar carrière naast haar studie Journalistiek als freelancer bij *Het Straatnieuws*, de daklozenkrant van Utrecht. Ik spreek haar in haar eigen kamer (#goals) op de redactie van *Glamour* en ben benieuwd of zij ook wel eens onzeker wordt van de #fitgirl-trend. 'Als ik al die perfecte lichamen op social media zie, raak ik wel eens afgeleid,' zegt ze. 'Dan denk ik: fuck, ik zou meer moeten sporten en ik zou dunner moeten zijn. Ik kan het fascinerend vinden hoe vrouwen eruitzien. Maar dan denk ik ook: daar ben ik toch veel te lui voor. Ik ben op sportgebied echt oerlui.' Sanne houdt zich vast aan wat zij doet en wat zij leuk vindt. 'Als ik op modefeestjes om me heen kijk dan denk ik: ik ben oké met wie ik ben en wat ik doe. Ik probeer er natuurlijk wel een beetje leuk uit te zien, maar daar blijft het bij. Ik hoef niet maat 36 te hebben om gelukkig te zijn.'

Marcelle Mudde (30) werkte jarenlang als Junior Brand Manager bij *Glamour*, waar ze onder andere het evenement National Glamour Day uitbouwde tot een verdienmodel. In 2015 zette ze voor het tijdschrift de Glamour Concept Store op, maar vorig jaar maakte ze haar grootste droom waar: ze emigreerde naar Kaapstad. Samen met haar vriend heeft ze daar marketingbureau Label Orange Agency overgenomen en lanceerde ze onlangs The Winery, een platform waarop toeristen de beste *wineries* in Zuid-Afrika kunnen vinden.

Ze merkt op dat je nou eenmaal niet én een succesvolle business kunt runnen én het lichaam van Doutzen Kroes kunt hebben. Er zo uitzien kost net zoveel tijd als een fulltime baan. Dus het is maar net wat je ambieert.

Tijdens ons FaceTime-interview vertelt Marcelle dat ze mensen via Instagram wil inspireren om hun dromen waar te maken. 'Zoals ik zelf ook heb gedaan door naar Kaapstad te verhuizen,' zegt ze. 'Natuurlijk zie je bij mij in de Nederlandse winterperiode alleen maar foto's met heerlijk weer in Zuid-Afrika, maar ik hoop niet dat mensen daar onzeker van worden. Straks is het in Nederland weer zomer en bij mij weer winter. Ik ben me ervan bewust dat als je als jonge vrouw een beetje onzeker bent, social media aan deze onzekerheid kunnen bijdragen.

Ik zie Instagram vooral als een dagboekje van alle stappen die ik maak. En ja: dan met name de highlights.'

Elisah Jacobs (32) werkte jarenlang onder andere als redacteur voor verschillende tijdschriften. Ze kocht onlangs samen met haar verloofde een huis in Haarlem (inclusief 'Interior Junkie-proof' inloopkast). Vijf jaar geleden richtte ze haar blog Interior Junkie op, waarvoor ze veel bezig is met het delen van mooie plaatjes op social media. Ze vertelt me dat ze bewust om wil gaan met het beeld dat ze schetst. 'Ik deel alleen de mooie foto's op Instagram. Mijn rommelige woonkamer zet ik er natuurlijk niet op. Maar in mijn vlogs laat ik graag het gedeelte 'achter de camera' zien. De troep dus. Zo kan ik ook de wat minder mooie beelden van het leven laten zien en dat maakt het veel echter. Ik ben ook maar een mens.'

Elisah en Emilie Sobels zeggen beide dat het hen helpt om de 'echte' verhalen van anderen achter hun perfecte Instagram-beelden te horen. 'Daarmee kan ik mijn eigen verhaal in perspectief zien,' zegt Emilie. 'Zeker omdat alles vaak zo *superglamourous* lijkt via Instagram of Facebook. Maar dat is natuurlijk niet zo. Iedereen heeft zijn levenslessen geleerd en dingen meegemaakt. Als je dat van anderen hoort, kun je denken: o gelukkig, zij worstelt ook met dingen. Belangrijk om te onthouden is dat je jouw *hustles* niet moet vergelijken met andermans *highlight reel*; dat leerde ik van Sophia Amoruso, schrijfster van het boek *Girlboss*.'

Elisah praat veel met andere bloggers over het feit dat hun leven er voor de buitenwereld perfect uitziet. 'Terwijl we zelf soms ook gewoon in huilen uitbarsten omdat we het even niet aankunnen,' zegt ze. 'Of dat vriendlief een perfecte foto van het ontbijt verpest door een hap van een croissant te nemen. De man moet tenslotte ook gewoon eten...'

Nu Elisah ouder wordt, vergelijkt ze zichzelf minder met anderen: 'Daar word je gewoon niet happy van. Ik laat me juist inspireren door vrouwen die succesvoller zijn dan ik. Daarnaast vind ik dat we elkaar als vrouwen ook wat meer moeten gunnen.' Emilie vindt ook: 'We kunnen elkaar als vrouwen juist versterken. We hoeven de concurrentie niet met elkaar aan te gaan. Dat is ook de visie van Hashtag Workmode. Het is een plek waar vrouwen elkaar kunnen ontmoeten. Waar vrouwen van elkaar kunnen leren en elkaar kunnen inspireren.'

'Ik ben juist blij als ik andere succesvolle vrouwen zie,' zegt Marloes Pomp (37). 'Hoe meer, hoe beter wat mij betreft. Ik ben zelfverzekerd over wat ik kan en wil. Dat is iets wat in mij zit en dat is niet afhankelijk van hoe goed anderen het doen. Hoe beter het met anderen gaat, hoe meer ik van ze kan genieten. Ik heb niets met middelmatigheid en dat uit zich in alles. Ik wil óf een mooie auto óf geen auto. Een middelmatige auto hoef ik niet. Dan is de trein een veel beter alternatief. Ik heb niet het geduld om met middelmatig presterende mensen samen te werken. Dus doe mij die succesvolle vrouwen maar!'

Marloes is moeder van twee kinderen. Ze leidt projecten binnen de overheid, is actief in de techwereld, zette het kledingdeelplatform Rewear op en beheert een eigen sieradenlabel. Met haar gezin woont ze in Amsterdam. Ik vraag me af: keek ze vroeger ook niet op naar andere succesvollere vrouwen? 'Nee, dat heb ik nooit echt gehad,' antwoordt ze. 'Bij mijn eerste baan hield ik natuurlijk mijn collega's in de gaten om te zien of ik het in vergelijking met hen goed deed. Maar dat was vooral in het begin van mijn loopbaan, nu speelt dat niet meer zo.'

Hoe zou Marloes, als ze nu 23 was geweest, omgaan met alle ideaalbeelden waarmee we worden geconfronteerd? 'Dat is een goede vraag. Ik denk dat dat best wel moeilijk is. Je wordt daar toch mee "vervuild". Hoe leuker je de dingen vindt die je zelf doet, hoe minder je naar anderen kijkt. Dus ik denk dat het belangrijk is om je te focussen op zelf heel leuke dingen doen en daar heel blij mee zijn. Dat is de beste hefboom om tegenwicht te bieden aan al het andere.'

'Continu zie je mensen om je heen die de tofste dingen doen. En natuurlijk vraag je jezelf dan soms af of jij wel met het juiste bezig bent. Maar je moet je echt proberen af te sluiten voor dat soort dingen. Uiteindelijk moet iedereen een eigen pad volgen,' zegt Eve Tomaszewski (29). Na haar afstuderen werd de van oorsprong Gorcumse al snel hoofdredacteur van Fashionscene en daarna werkte ze voor meerdere bekende tijdschriften. Ze deed grote interviews met onder andere Olcay Gulsen, Tony Cohen, Jan Taminiau, Tommy Hilfiger,

Isabel Marant en Paul Smith en mocht drie keer de Victoria's Secret-show bijwonen. Alle krachtige, ambitieuze vrouwen die ze gedurende haar carrière sprak, inspireerden haar om The Goaldiggers Club op te zetten. Op het platform verzamelt ze ervaringen, ideeën, tips en tricks, kennis en skills van inspirerende, ondernemende vrouwen. Eens in de paar maanden organiseert ze daarbij een event met sprekers en een netwerkborrel en daarnaast werkt ze nog als freelanceredacteur voor verschillende tijdschriften. 'Als mijn vriendinnen leuke dingen aan het doen zijn terwijl ik aan het werk ben, dan denk ik: als je niet bereid bent om een beetje anders te leven dan andere mensen, dan krijg je ook geen ander leven,' vertelt Eve. 'Ik ga voor mijn carrière, anderen gaan voor gezelligheid in de kroeg.'

Volgens Ginny Ramkisoen (32) voer je de druk voor jezelf op door te vinden dat jij ook op het niveau van iemand anders moet zitten of ook iets moet doen in die hoek. Ginny is oprichter van het vacatureplatform Vacature Via Ginny, waar je de tofste vacatures in de creatieve business kunt vinden. Haar bedrijf komt voort uit een uit de hand gelopen Facebook-pagina, waarmee ze in eerste instantie vrienden koppelde aan openstaande vacatures binnen haar grote netwerk. Ik spreek haar op haar kleurrijke kantoor in Amsterdam, waar ze met haar twee compagnons en een klein team aan de business werkt. Haar energie is aanstekelijk en de sfeer op de werkvloer lijkt me allesbehalve saai (volg Ginny's Instagram Stories voor een dosis *office humor*, Emilie en ik zijn groot fan).

'Vooral als mensen om je heen een heel succesvolle baan hebben vind je al snel dat jij ook zoiets moet ambiëren of doen,' zegt Ginny. 'Maar het kan natuurlijk ook zo zijn dat jij gelukkig wordt van iets heel anders, zoals fulltime voor je kinderen zorgen.' Ze is heel tevreden over waar ze nu staat in het leven. 'Het klinkt misschien gek, maar toen ik dertig was voelde ik echt een soort opluchting,' zegt ze. 'Ik moest niet meer zoveel van mezelf. En natuurlijk vergelijk ik mijn leven echt nog steeds wel eens met dat van anderen, maar een stuk minder. Het gaat erom dat ik zelf blij ben. Of dat bij wijze van spreken op een vuilnisbelt is of met een eigen bedrijf, dat doet er niet toe.'

Hanna creëert ook rust door zich te focussen op waar ze zelf mee bezig is en wat ze zelf leuk vindt. 'Door uit de schijnwerpers te stappen en juist achter de schermen een start-up te beginnen, realiseerde ik me hoe erg je te beïnvloeden bent door wat anderen van je vinden en doen,' zegt ze. 'We zijn geneigd mee te gaan in de flow van "ik moet ook carrière maken" en "ik moet er net zo goed uitzien als jij". We denken volgens mij te weinig na over waar we zelf voor staan, waar wij goed in zijn en wat wij zelf belangrijk vinden.'

Jeranne Koekkoek (29) denkt dat ze rond haar twintigste een stuk gelukkiger was geweest als ze minder bezig was geweest met 'erbij horen' en zich niet zo met anderen had vergeleken. 'Vooral in de stad en op festivals lopen er continu heel knappe meisjes voorbij. Op die leeftijd vond ik dat best wel intimiderend. Nu nog steeds kan ik onder de indruk zijn van alle mooie foto's op Instagram. De één maakt een droomreis, de ander heeft prachtige kleding, maar ik besef veel meer dan vroeger dat dat niet is waar geluk om draait. Ik vond het altijd zo'n bullshit als mensen het over het "dertigersdilemma" hadden en zeiden: "Als je dertig bent, maak je je over heel andere dingen druk." Maar nu ik bijna dertig ben, weet ik dat die mensen gelijk hadden.'

Ik spreek Jeranne op het kantoor van onlinereisorganisatie TravelBird, waar ze in twee jaar tijd uitgroeide tot vicepresident van de Human Resource-afdeling en onderdeel van de directie. Ze maakt zich nu ze ouder wordt een stuk minder zorgen over alles waar ze bij zou moeten horen en dat geeft haar een hoop rust. 'Dat komt mede doordat ik heel andere zorgen heb: ik sta aan het hoofd van een bedrijf waar ik vierhonderd man happy moet houden,' vertelt ze. 'Daarbij heb ik een leuk huis, een fijne vriend, lieve vrienden en familie en geniet ik meer dan vroeger van kleine dingen, zoals het halen van bloemen op de Albert Cuyp.'

Suzanne Berings (34) geeft niet zoveel om wat anderen 'beter' doen. 'Je kunt tien MBA's hebben gedaan maar nog steeds de emotionele intelligentie van een teenslipper hebben,' zegt ze. 'Dat soort dingen kun je gewoon niet aanleren. En je kunt tien PhD's gedaan hebben over één heel specifiek onderwerp maar compleet wereldvreemd zijn. Ik weet dat ik op het *people*-vlak het allersterkst ben en dat kan ik niet leren uit een boekje.' Als Manager Operations Support bij Booking.com heeft Suzanne de leiding over zestig werknemers. Voordat ze op die positie begon, werkte ze een paar jaar voor Booking.com in Duitsland. Ze reisde veel voor haar werk maar heeft er bewust voor gekozen om zich nu wat meer te settelen. Sinds kort woont ze samen met haar vriend in Amsterdam. Zelfverzekerdheid heeft volgens haar met leeftijd te maken. Ze is tevreden met waar zij zelf staat. 'Nu ik iets ouder ben, ben ik blijer met de persoon die ik geworden ben, de kwaliteiten die ik in huis heb en wat ik daar uiteindelijk mee wil gaan doen. Ik sta steviger in mijn schoenen ten opzichte van wat er om me heen gebeurt.'

Conclusie: een deel van hen voelt het dus ook. Deze vrouwen, die als je het ons vraagt al zoveel bereikt hebben, kijken op naar nóg mooiere beelden die voorbijkomen. De vrouwen die zich niet, of minder, laten afleiden door social media zijn blij met zichzelf en hun leven. En dat is *the key*, zeggen ze. Focussen op waar je zelf mee bezig bent. Dat geeft rust en tegenwicht aan alles wat er om je heen gebeurt. Daardoor kun je de prestatiestrijd beter negeren, de glamourbeelden op social media relativeren en je juist laten inspireren door de successen van anderen.

FOCUS OP DATGENE WAAR JIJ GELUKKIG VAN WORDT

maar hoe weet je dan wat dat is?

Dat klinkt goed: je concentreren op wat je zelf wilt doen en aan het doen bent en je niet laten afleiden door anderen. Toch weet ik ook: daarbij stuiten jij en ik meteen al op een 'dingetje'. Want wat willen we nou eigenlijk bereiken? Waar zijn we goed in? Wat vinden we leuk? Focussen op je eigen doel is aardig lastig als je geregeld twijfelt over de kant die je op wilt. Er zijn zoveel mogelijkheden dat we er keuzestress van krijgen. Dat voel ik ook. Hoe kom je erachter waar je thuishoort?

Vóór mijn gesprek met Mariëlle Smit (27) op haar kantoor van Make My Event, de full service staffing agency die ze vijf jaar geleden samen met Lotte Brunninkhuis (29) oprichtte, spit ik al haar online profielen door en denk ik: die weet wat ze wil. En daar werkt ze in één rechte lijn naartoe. Die zelfverzekerdheid straalt ze uit. Maar als ik haar spreek blijkt ook zij nog wel eens te twijfelen.

Mariëlle: 'Ik was 21 toen ik startte met Make My Event. Ik dacht: ik begin gewoon en zie wel hoe het loopt. Vijf jaar lang heb ik gerend en keihard gewerkt en inmiddels ben ik op een punt aangekomen dat ik meer naar mezelf ga kijken.'

Lotte en Mariëlle ontmoetten elkaar toen ze tijdens hun studies bij hetzelfde hostessenbureau in Amsterdam werkten. Ze zagen een kans in de branche en gingen daar volledig voor. 'Ondanks het feit dat ik mezelf de afgelopen jaren op zakelijk vlak gigantisch heb ontwikkeld, ben ik minder bezig geweest met mijn persoonlijke doelen,' zegt Mariëlle. 'Welke kant wil ik zelf straks een keer opgaan? Dat heb ik nog niet helemaal vastgesteld.'

Volgens Emilie Sobels weten veel mensen vooral wat ze níét willen. Maar hoe kom je er dan achter in welke richting je wel moet gaan? 'Dat moet je uitzoeken,' zegt Emilie. 'Ik weet ook nog altijd niet precies wat ik wil. Tijdens mijn studie en eerste werkervaring ontwikkelde ik me op bepaalde creatieve gebieden die aansloten bij de ideeën die ik had over mijn carrière. Door me te verdiepen in een breed scala aan vakgebieden zoals grafisch ontwerp, pr, marketing, fotografie en journalistiek, maar ook sales, event management en nog veel meer zaken, kwam ik erachter dat sommige elementen van die beroepen helemaal niet bij mijn karakter passen. Het helpt om te onderzoeken en te proberen. Bovendien is het vaak zo dat je leuk vindt waar je goed in bent en vice versa. Verder helpt het mij om met andere mensen te praten over hun dromen en ambities, zodat ik mezelf daar misschien in kan herkennen en erachter kom hoe het ook kan.'

Sanne Groot Koerkamp dacht vlak na haar studie dat ze oorlogscorrespondent wilde worden. Ze maakte destijds een drieluik over het uitgaansleven van jongeren in oorlogsgebieden. Inmiddels is ze adjunct-hoofdredacteur van *LINDA.* en hoofdredacteur van *LINDA.Meiden.* Hoewel ik het een geruststelling vind dat ook Sanne niet altijd precies heeft geweten waar ze naartoe wilde, vindt zij het raar als vrouwen geen plan hebben voor hun carrière. 'Vrouwen denken vaak niet zo ver vooruit over wat ze willen bereiken en wat ze daarvoor nodig hebben. Mannen doen dat veel meer,' zegt ze. 'Dat verbaast me. We plannen onze woonsituatie, ons gezin, waarom dan niet onze carrière?'

Bijna niets waar je voor kiest is definitief

Nina Pierson

Daar heeft ze een punt. Maar dan komen we weer op de vraag: hoe kom je erachter wat je wilt? Volgens Sanne is het heel simpel: gewoon doen. 'Beslis iets en probeer het,' zegt ze. 'Ik weet ook wel dat veel vrouwen niet weten wat ze willen en dat kiezen moeilijk is, vooral als veel je leuk lijkt. Maar het advies dat ik vaak geef is om gewoon ergens aan te beginnen. Wees niet bang om een tijdje ergens voor te gaan. Ook als het niets wordt, leer je er iets van. Je weet dan wat je niet wilt, óók nuttig.'

'Bijna niets waar je voor kiest is definitief,' beaamt Nina Pierson (31). Ook zij blijkt de weg die ze nu bewandelt niet van tevoren te hebben uitgestippeld. Integendeel, ze droomde ervan om net als presentatrice Lauren Verster documentaires te maken, maar inmiddels is ze eigenaar geweest van PUP Creative Agency, is ze medeoprichter van saladebar-keten SLA en founding editor van het onlineplatform voor duurzaam leven BEDROCK. 'Met PUP hebben we alle dingen die op ons pad kwamen aangenomen,' zegt ze. 'Sommige activiteiten bleken achteraf niet zo goed bij ons te passen en daar leer je ontzettend veel van. Daar haal je soms bovendien ook weer positieve dingen uit. Zoals een netwerk in die bepaalde branche. Dat betekent natuurlijk niet dat je als een kip zonder kop allerlei dingen moet gaan doen, maar geef jezelf de ruimte om flexibel te zijn. Maak weloverwogen keuzes, maar wees daarin vooral niet bang.'

Evelien de Vries (26) zegt: 'Kijk uit met denken dat je meteen iets kunt doen wat je leuk vindt. Doe iets waar je goed in bent of spring boven op een kans die op je pad komt en zorg daarna dat je het zo inricht dat het leuk wordt.' Ze had de droom om hoogleraar in de Franse literatuur te worden maar zette tijdens haar studie een distributiebedrijf in haar- en beautyartikelen op. In het begin was dat ook niet altijd even leuk. Ze deed veel koude acquisitie en moest alleen maar verkopen. 'Er waren tijden dat ik dacht: als ik vandaag geen €1500 omzet, is het afgelopen, dan kan ik mijn rekeningen niet betalen.' Van maandag tot en met woensdag studeerde ze, en op donderdag en vrijdag croste ze door Nederland om met producten langs kapperszaken te gaan. Inmiddels is haar bedrijf MDV (Marketing and Distribution Ventures) uitgegroeid tot een miljoenenbusiness. Ze maakt nog steeds heel lange werkdagen en reist veel, maar ze vindt het fantastisch. 'Dit is mijn absolute droombaan,' zegt ze. 'Ik kan niets bedenken wat ik leuker zou vinden dan dit. Het allerleukste is van niets iets groots maken, ik geniet van dat proces.'

Volgens Madeleine van Schendel (35) is het belangrijk om tijd te steken in wat je kiest. Pas dan kom je erachter of iets bij je past. 'Een goede vriendin van mij zegt altijd: je weet pas of je ergens goed in bent als je er 10.000 uur in gestoken hebt. En daar geloof ik sterk in.'

Drie jaar geleden zette Madeleine Mister SAM op. Met deze onderneming, een contentmarketingbureau gespecialiseerd in muziek, brengt ze merken en artiesten of muziekevents samen. Voordat ze op dit gat in de markt insprong werkte ze jarenlang als Marketing & Strategy director voor onder andere Radio 538.

'Je moet erachter komen of je een generalist bent of een specialist,' vervolgt Madeleine. 'Is er iets wat je heel erg leuk vindt, wil je je daarop focussen en daar dus specialist in worden? Of vind je heel veel leuk? Ik ben een generalist. Ik vind alles leuk. In dat geval moet je ook wel een beetje vertrouwen op het pad dat je volgt en waar je terechtkomt. Maar ook dan: als je ergens terechtkomt en je komt er na 10.000 uur achter dat dat het niet is: ga wat anders doen! Niemand houdt je tegen. Voor goede mensen is er naar mijn idee altijd werk.'

'Vul je rugzak voor het leven zoveel mogelijk. Dat biedt gereedschap waarmee je kansen die op je pad komen aan kunt pakken,' zegt oud-politica en voormalig Europees commissaris Neelie Kroes (75), aan wie Emilie en ik samen in een telefonisch interview een aantal vragen mogen stellen. Daarbij is het wel belangrijk dat je afmaakt waar je aan begint, want ze benadrukt: 'Halve dingen tellen niet.'

Voor mij is het antwoord duidelijk: geen van de vrouwen die ik sprak bleek al vroeg precies te weten wat ze wilde gaan doen. Veel van hen weten het eigenlijk nog steeds niet, dachten het te weten maar weten het nu even niet meer, of hebben na een tijd zoeken juist hun doel gevonden. Ze hebben in ieder geval bijna allemaal wel eens iets geprobeerd wat toch niet bij hen bleek te passen. Zo gek is het dus niet dat wij soms nog met onze handen in het haar zitten. En hoe je erachter komt hoe jouw pad eruit moet zien? Ze zeggen bijna allemaal: ga gewoon iets doen. Kies iets wat je leuk lijkt en interessant vindt en steek daar een hoop tijd in. Misschien wel 10.000 uur. Dan kom je er vanzelf achter of iets bij je past. Zo niet, dan is dat ook niet erg. Dan probeer je weer iets nieuws. Want bijna niets waar je voor kiest is definitief.

PS Suzanne geeft nog een laatste praktische tip: 'Ik weet nog dat ik, toen ik afstudeerde, heb nagedacht over hoe ik zou willen dat mijn werkdag eruit zou gaan zien. Waar moest ik zijn? Met wat voor mensen wilde ik werken? Wat voor werk zou ik aan het doen zijn? Zou ik op een kantoor zitten of meer onderweg zijn? Ik ben echt gaan googelen naar wat voor soort functies ik zou kunnen doen en kwam toen uit op een commerciële rol. Binnen zo'n functie zou ik contact hebben met veel verschillende mensen, ik zou veel met het product bezig zijn en resultaatgericht te werk gaan, dat vond ik belangrijk.'

NOG ZO'N KEUZE

in loondienst of je eigen toko?

Mijn familie kan niet vaak genoeg benadrukken dat ze hopen dat ik mijn 'capaciteiten' zoveel mogelijk benut om een zo goed mogelijke baan met een goed salaris te scoren. En natuurlijk, ik wil ook het geld hebben om te kunnen doen waar ik blij van word. Maar alles is zo anders dan toen mijn vader, moeder, opa's of oma's jong waren. Zijn onze ouders onze voorbeelden misschien niet meer? Zij bleven tot hun pensioen loyaal aan dezelfde werkgever, wij hoppen van baan naar baan. We willen en moeten onszelf blijven ontwikkelen. Continu doorgroeien, op zoek naar beter. Ergens tevreden gaan zitten zijn, zonder dat we het gevoel hebben uitgedaagd te worden, daar doen we niet aan. Dan krijgen we straks nog een *bore-out*.

Het spelen van 'eigen baas' als freelancer of met een eigen toko is nu bovendien toegankelijker. We kennen genoeg verhalen van studenten die een start-up beginnen en freelancers die hun eigen tijd indelen of werken vanaf een tropisch eiland. En steeds vaker hoor ik vrouwen in mijn omgeving roepen dat zij dat ook ambiëren. De vrijheid van het ondernemerschap lonkt. Maar die droom brengt ook weer een hoop keuzes en vragen met zich mee. Want beginnen we nu direct? Of moeten we, als we na een stage een baan aangeboden krijgen, daarvoor gaan? Eerst zoveel mogelijk praktijkervaring opdoen? Of is het toch beter om nog even verder te studeren? Zodat we er zeker van zijn dat als we tóch als werknemer aan de slag willen, we bij de beste bedrijven terechtkunnen? Gaan we net als onze ouders voor zekerheid? Of nemen we risico's? En is dat ondernemerschap wel zo mooi als het lijkt?

Volgens Nina Pierson is onze generatie veel meer op zoek naar 'zingeving' in zijn of haar werk dan dat onze ouders dat waren. 'Zij werkten vaker om geld te verdienen,' zegt ze. 'Ik denk dat als je geluk zoekt in het werk dat je doet, alles wat erbij komt kijken secundair is. Wat je verdient en de status die je bereikt worden minder belangrijk.'

'Ik heb vaak het idee dat mensen functies uitvoeren waar ze totaal geen passie voor hebben,' zegt Jeranne Koekkoek. 'Sommigen zien het volgens mij als verplichting en denken dat als ze bijvoorbeeld rechten hebben gestudeerd, ze ook echt advocaat moeten worden. Maar ik ken iemand die rechten heeft gestudeerd en bij het Rijksmuseum is gaan werken, en zo zijn er nog talloze voorbeelden van mensen die iets anders doen dan waar ze voor gestudeerd hebben. Het is vooral de samenleving die ons oplegt om met zo'n studie jurist, advocaat of rechter te worden. Volgens mij is het juist enorm belangrijk om je hart te volgen. Je besteedt heel veel tijd aan je baan, dus doe iets waar je gelukkig van wordt. Neem geregeld de tijd om jezelf af te vragen of je energie krijgt van hetgeen waar je mee bezig bent.'

Emilie Sobels verdiende goed en had in de ogen van anderen een 'droombaan'. Toch stapte ze op, omdat ze geen geluk en plezier meer uit haar functie haalde. 'Die keuze was moeilijk,' vertelt ze. 'Het belangrijkste obstakel? Ik had nog geen nieuw plan. En je gooit toch geen oud paar schoenen weg voor je nieuwe hebt?'

Je moet iedere dag kiezen: ga ik links of ga ik rechts?

Ginny Ramkisoen

'Ik werd bang gemaakt door mijn omgeving,' zegt Elisah Jacobs. Zij herkent de *struggle* van Emilie. Vijf jaar geleden zegde ze haar baan op om voor zichzelf te beginnen. '"Zou je dat nou wel doen? Hoe ga je dan je huur en je boodschappen betalen?" Mijn omgeving begreep me niet en mijn familie was best een beetje bezorgd, vertelt ze. 'Dat heeft me een tijd tegengehouden om de stap te zetten. Maar die bezorgde reacties gaven mij uiteindelijk toch de drang om het wel te doen. Ik zou mijn vrienden en familie wel eens laten zien dat het wel goed zou komen.'

De angst om in een zwart en financieel gat te vallen zorgde ervoor dat het Emilie anderhalf jaar kostte om de keuze te maken. 'Maar op een gegeven moment was het klaar,' zegt ze. 'Ik weet nog dat ik wakker werd en dacht: ja, vandaag ga ik mijn baan opzeggen. Ik heb hakken aan gedaan een me heel mooi aangekleed zodat ik stevig in mijn schoenen zou staan en ben naar kantoor gegaan om het te vertellen.' Al vrij snel nadat ze haar baan opzegde, opende Emilie de deuren van haar eigen co-working space, Hashtag Workmode. 'Het moment dat ik mijn baan losliet, creëerde ik ruimte om over iets nieuws na te denken. De ideeën kwamen veel sneller dan verwacht.'

Ze vindt het ondernemen super, maar geregeld ook dodelijk vermoeiend. 'Ik ben altijd aan het werk, al is het maar in mijn hoofd,' zegt ze. 'Als ik onder de douche sta, denk ik aan mijn dagplanning of bedenk ik een oplossing voor een strategisch probleem. Als ik op de fiets zit, prop ik er nog een belletje tussendoor en in het weekend of tijdens vakanties bedenk ik nieuwe ideeën. De vrijheid waar veel mensen van dromen als ze ondernemer worden, is in werkelijkheid lang niet zo groot. Het plannen van een vakantie is voor mij, nu ik mijn eigen toko run, zelfs een stuk lastiger dan toen ik nog vakantiedagen op moest nemen. Als freelancer is dat volgens mij ook weer anders, omdat je tussen verschillende projecten door wel gemakkelijker een maand weg kunt gaan. Maar *at the end of the day* wegen die nadelen niet op tegen de voordelen. Ik word superblij van het bouwen aan mijn eigen onderneming die ik steeds meer in de richting van mijn eigen visie kan zien groeien.'

'Ik had nooit de ambitie om een eigen bedrijf te runnen,' vertelt Ginny Ramkisoen. 'Mensen om me heen gingen failliet of met ruzie uit elkaar, dus ik vond alleen het idee al veel te spannend. Bovendien had ik het als werknemer ook prima voor elkaar. Zolang ik maar een leuke baan had met de zekerheid dat ik mijn huur kon betalen, op reis kon en mooie schoenen kon kopen.'

'Nu snap ik niet meer dat ik toen zo dacht,' vervolgt Ginny. Vier jaar geleden pakte ze de kans om haar kracht, het linken van de juiste mensen aan de juiste baan, uit te laten groeien tot een eigen bedrijf: Vacature Via Ginny. 'Als je de kans krijgt om zelf iets te starten, pak die dan met beide handen aan,' adviseert ze. 'Er zitten zoveel voordelen aan het hebben van een eigen bedrijf. Het is fijn om je eigen baas te zijn. Zelf bepalen wat je wilt, welke kant je op gaat, of je A of B kiest. Hoe laat je op je werk komt, wanneer je vakantie neemt.'

Het maken van die vele keuzes blijft ze wel spannend vinden. 'Het is niet zo dat je gewoon heel lekker een beetje voortkabbelt. Je moet iedere dag kiezen: ga ik links of rechts. En een van de twee kan betekenen dat het minder goed gaat. Dat je in het ergste geval bijvoorbeeld een paar maanden geen salaris hebt. Zo voelt dat in ieder geval.'

'Je hebt geen financiële zekerheid en dat vind ik wel echt een punt,' zegt Milou Verbeke, die met haar bedrijven Purple Linings en *F.A.L.L. Magazine* veel ballen in de lucht moet houden. Ze huurt ook een werkplek bij Hashtag Workmode. Milou begon naast haar studie al jong met ondernemen en heeft verschillende bedrijven gehad. Daarbij gingen er wel eens dingen ontzettend mis, maar ze zette altijd door. Haar oneindige energie inspireert, ze heeft alles voor haar bedrijven over. 'Je bent als ondernemer erg op jezelf aangewezen,' vertelt ze. 'Daarnaast heb je ook wel eens je dag of je week niet. Als je een baan hebt kun je je verstand op nul zetten en gaan. Als ondernemer kan dat niet. Je moet iedere dag een bepaalde focus hebben om door te kunnen gaan en dat vraagt veel energie.'

Ook Madeleine van Schendel, die inmiddels zo'n drie jaar haar eigen bedrijf runt, zegt dat er dingen tegenvallen. 'Mensen hebben het vaak over de vrijheid die je hebt als ondernemer en daar droomde ik in het begin ook van,' vertelt ze. 'Ons kantoor zat bijvoorbeeld op de Herengracht, midden tussen De 9 Straatjes. Daar zag ik mezelf wel tussen het werken door rondlopen. Maar in de praktijk bleek ons enige uitje heel soms het halen van een koffietje te zijn. En nog zo'n ideaalbeeld: iedere maandagochtend beginnen met yoga om daarna fris aan je week te beginnen. Daar zijn we nooit aan toegekomen. Dat is zoiets utopisch! Dus ja, in de praktijk is de vrijheid die je als ondernemer denkt te hebben een stuk beperkter. Het is gewoon heel hard werken. Vrijheid in het nemen van beslissingen heb ik wel altijd als een enorm pluspunt ervaren, maar het geeft tegelijkertijd ook een kwetsbaar gevoel. Alles wat er naar buiten komt is jouw beslissing en daar vinden mensen wat van. Dat is nog steeds wennen.'

Mariëlle Smit zag in haar jeugd al hoe hard je moet werken om een eigen onderneming te hebben en die succesvol te laten groeien. 'Mijn ouders hebben een eigen onderneming en waren altijd aan het werk,' vertelt ze. 'Het ging dag en nacht over hun zaak.' Ik herken het verhaal van Mariëlle. Mijn ouders runnen beide een eigen praktijk en ik kan me niet herinneren dat daar een dag niet over werd gesproken. Vaak was dat leuk, hoor, maar soms stonden ze ook voor moeilijke beslissingen of werd het drukke werkschema ze even te veel.

'Veel mensen denken dat je als ondernemer een luizenleventje leidt en bijvoorbeeld iedere dag kunt uitslapen,' zegt Elisah. 'Maar het is uiteindelijk keihard werken. Ik kan bijvoorbeeld geen sabbatical van zes maanden houden, want mijn werk gaat altijd door. Ik sta altijd op de *on-modus*. Bij alles wat ik doe denk ik: dit zou best leuk kunnen zijn voor op Interior Junkie. Bijvoorbeeld als ik in het weekend in een hip koffietentje beland. Of als ik op een verjaardag met iemand in gesprek raak en diegene een cool huis blijkt te hebben, dan regel ik meteen even een binnenkijker voor op de site. Dat is in principe niet zo erg want het is mijn passie, maar het heeft er wel mede voor gezorgd dat ik eind 2016 ontzettend gestrest was. Dit jaar ga ik mijn leven beteren door meer balans te creëren tussen werk en privé.'

Voordat ze voor zichzelf begon, werkte Elisah jarenlang in loondienst, maar was ze niet happy. 'Ik had het idee dat ik keihard werkte en daar niets voor terugkreeg. Geen waardering, ook niet financieel. Als je in dienst bent, ben je maar een klein pionnetje in het grote geheel. Als ze je niet meer kunnen gebruiken, ben je weg, ook al heb je jarenlang je ziel en zaligheid gegeven. Het is nooit van jou.'

Suzanne Berings vindt dat het werken voor een groot bedrijf ook zo zijn voordelen heeft. 'Op nummer één staat natuurlijk de veiligheid,' zegt ze. 'De zekerheid dat je iedere maand een salaris op je rekening krijgt. Een tweede is de werkomgeving waar ik iedere dag mag komen. Ik heb een mooi kantoor en prettige mensen met wie ik iedere dag kan werken. Bovendien wordt mijn ontwikkeling gestimuleerd. Er wordt in mij geïnvesteerd in de vorm van trainingen en ik leer heel veel van de mensen om me heen. Ik denk dat "gemak" wel een goed *overall* woord is: alle stressfactoren worden weggenomen zodat ik me volledig kan focussen op wat ik wil, namelijk de beste leider worden die er kan zijn.'

Toch heeft ook Suzanne de ambitie om op een zeker moment voor zichzelf te beginnen als coach en trainer in de zakenwereld. Maar voordat ze die stap maakt, wil ze op zakelijk vlak nog meer ervaring opdoen. En dat klinkt zo gek nog niet, als je het mij vraagt.

Meerdere vrouwen die ik spreek zeggen waarde te hechten aan de ervaring die je opdoet binnen een bedrijf. Marcelle Mudde had bijvoorbeeld ook altijd het plan om ooit iets voor zichzelf te beginnen. 'Maar ik wilde eerst ervaring opdoen om zo'n stap te zetten en in mezelf te geloven,' zegt ze. 'Een kijkje in de keuken bij grote bedrijven, goed opletten hoe beslissingen worden genomen en hoe je grote projecten moet leiden. Daar heb ik ontzettend veel van geleerd. Op een gegeven moment heb ik de knoop doorgehakt om mijn toenmalige droombaan op te zeggen voor een nieuwe droom: mijn eigen bedrijf in Kaapstad.'

Conclusie: voor jezelf beginnen of in loondienst werken heeft beide zijn voor- en nadelen. Dat klinkt misschien voor de hand liggend, maar het is toch waardevol om nog eens te benadrukken. Heb je de droom om voor jezelf te beginnen, wees je dan bewust van de uitdagingen die dat met zich meebrengt. En daarbij een misschien nog wel belangrijkere eyeopener: het hoeft niet meteen. Eerst meekijken hoe het er bij de grotere bedrijven aan toe gaat kan je helpen bij jouw professionele ontwikkeling, het nemen van beslissingen en het creëren van een netwerk. Bovendien biedt het een bepaalde zekerheid, en dat kan best prettig zijn in de jaren waarin je uitzoekt welke kant je op wilt.

Geen gek idee dus om als werknemer bij een groter bedrijf te beginnen. En daar, als je er veel voldoening uit haalt en binnen zo'n baan kunt blijven groeien, ook nog even een tijdje te blijven. Beperk jezelf daarin vooral niet door alleen te kijken naar banen die bij jouw studie passen. En die eigen toko? Die komt wel. Wanneer je de mogelijkheid krijgt om een eigen bedrijf te starten, doe dat dan zeker, maar wel met de risico's en nadelen in je achterhoofd. Werken aan je eigen business is volgens alle ondernemers die ik sprak namelijk het leukste wat er is.

EEN STIP OP DE HORIZON, MAAR GEEN IDEAALBEELD

want 'helemaal af' gaan we toch nooit zijn

Gek hè? Dat je het ene moment géén idee hebt waar je naartoe wilt, wie je bent en wie je wilt zijn. Terwijl je op andere momenten ook ineens precies voor ogen hebt hoe het er allemaal voor je uit zou moeten zien.

Dat laatste vinden we prettig. Weten wat je wilt geeft richting en houvast. Liever dat dan dat verdwaalde gevoel. Maar te veel focussen op waar je naartoe wilt kan ook zorgen voor constante ontevredenheid. Bij dat ideaalbeeld ga je namelijk nooit komen. En als je er al in de buurt komt verzin je toch wel weer iets beters. Of niet?

Hanna Verboom: 'Iedereen heeft volgens mij een soort ideaal zelfbeeld. Als ik naar mezelf kijk, dan houdt dat ideale beeld in dat ik films regisseer en maak, dat Cinetree een groot succes is, ik de nieuwste lijn van Céline in mijn kast heb hangen en ik een man en kinderen heb. Voor iedereen is dat plaatje anders.

We focussen vaak zo op het uiteindelijke plaatje dat de werkelijkheid tegenvalt

Hanna Verboom

Naast dat ideaalbeeld is er de werkelijkheid waarin je onderweg bent naar die droom. Maar je bent er nog lang niet. We focussen vaak zo op het uiteindelijke plaatje dat de werkelijkheid tegenvalt en we continu bezig zijn om die persoon in het nu op zijn kop te geven dat hij nog niet bij dat ideaalbeeld is. Dat is eigenlijk zo zonde.'

Eve Tomaszewski herkent zich in wat Hanna zegt. 'Voor mij is het nooit genoeg,' vertelt ze. 'Ik kan zeker wel dankbaar en blij zijn met de dingen die ik al heb gedaan, maar daar content mee zijn en niet constant bezig zijn met wat ik nog niet heb, vind ik een uitdaging. Ik denk dat dat voor iedereen best wel moeilijk is. Bovendien vind ik wel dat je bepaalde doelen moet blijven stellen voor jezelf.'

'Doelen stellen mag zeker,' zegt Nina Pierson. Volgens haar is het belangrijk om op een gegeven moment wel een 'stip op de horizon' te hebben. 'Weet waar je naartoe wilt en wat je wilt doen.' Maar ze zegt ook: 'Het klinkt misschien als een cliché: het gaat om de weg ernaartoe. Houd altijd je ogen open voor andere dingen die je tegenkomt. Als er iets moois op je pad komt, is het zonde om daar niet op in te gaan omdat je van tevoren precies hebt uitgestippeld wat je gaat doen.'

Nicole Huisman (28) begon twee jaar geleden voor zichzelf als freelancestylist. Op dit moment is ze druk met een aantal televisieprojecten, de styling van *editoral shoots* voor onder andere *Glamour*, het regisseren van mode- en lifestylevideo's en diverse online projecten. 'Ik geloof dat je altijd op scherp moet staan en kansen moet zien,' zegt ze. '*Go with the flow*, maar wel in een bepaalde richting. Ik kijk om me heen wat er gebeurt, wat mij inspireert en waar ik goed in ben. Op die manier probeer ik altijd beter te worden en stappen te zetten, zowel in mijn werk als in mijn persoonlijkheid.'

Ze zeggen dus: naast het feit dat te veel focussen op je einddoel voor onrust en ontevredenheid kan zorgen, beperkt het de ruimte om open te staan voor 'koerswijzigingen'. En dat het belangrijk is om dat te doen blijkt ook wel uit het feit dat bijna alle vrouwen die ik sprak nu iets (héél) anders doen dan wat ze in eerste instantie voor ogen hadden. Zij weten inmiddels dat te veel vastklampen aan één bepaalde richting geen zin heeft. 'Het leven kan soms anders lopen dan je verwacht,' zegt Anne van Laarhoven. En Suzanne Berings heeft gemerkt dat je mening of de waarde die je ergens aan hecht ook kan veranderen. 'Het was voor mij altijd een vereiste om bij iedere volgende functie die ik zou aannemen te groeien in verantwoordelijkheid en in salaris. Totdat ik bij Booking.com ging werken. De werksfeer sprak mij daar zo ontzettend aan dat ik zowel in verantwoordelijkheid als salaris een stapje terug deed.'

Oké, dus een beetje weten wat je wilt is fijn. Dat geeft richting en houvast. En dat ideaalbeeld mag best onze stip op de horizon vormen, zolang we veranderingen in dat plaatje ook toestaan. Want niet alles wat het leven ons brengt hebben we in de hand. En daarbij kunnen onze ideeën in de loop der tijd ook veranderen. Hanna verwoordt het mooi: 'Het is volgens mij net als bij zeilen,' zegt ze. 'Je stelt constant je koers bij, maar het uiteindelijke doel houd je voor ogen. En daarbij gaat het er niet zozeer om dat je moet weten wat dat doel is, maar dat je de rust hebt om erover na te denken.'

DOELEN STELLEN EN BEREIKEN

begint bij het maken van keuzes

Ik weet nu: focussen op waar jij mee bezig bent en wat jij wilt bereiken, biedt het beste houvast binnen de overvloed aan keuzes en de ideaalbeelden om ons heen. Weten wat jij dan precies wilt en leuk vindt is daarbij natuurlijk wel handig. Het beste advies van de vrouwen die ik sprak is: ga gewoon iets doen. Kies iets wat je interessant lijkt en steek daar tijd in. En belangrijk: sta open voor onverwachte wendingen en focus je niet te veel op het eindpunt. Of je dan helemaal geen doelen mag stellen? Zeker wel! Want zonder doelen bereik je ook niet veel. Maar hoe stel je die dan effectief op? En – want dat vinden jij en ik eigenlijk het meest interessant – hoe bereik je deze, het liefst zo snel mogelijk?

Emilie Sobels leerde dat je allereerst keuzes moet maken. 'Het liefst voer ik al mijn ideeën tegelijk uit,' zegt ze. 'Ik wil namelijk geen momentum verliezen en ben bang dat als ik het niet direct doe, het nooit gebeurt. Of dat mensen me vergeten zijn en het over een jaar niet meer relevant is. Een belangrijke tip die ik een paar maanden geleden kreeg toen ik in Los Angeles de Girlboss Rally bijwoonde, kwam van Whitney Cummings, een Amerikaanse *comedian* en scenarioschrijfster. Ze zei: '*You can have it all. But you can't have it all at the same time.*' Daar probeer ik de laatste tijd aan te denken als ik weer allemaal nieuwe ideeën heb. Inmiddels weet ik dat het helemaal niet werkt om jezelf uit te putten door van alles tegelijk te doen. Het resulteert erin dat je elk idee maar voor 60% uitvoert.'

Wel jammer. Want stiekem hadden jij en ik gehoopt dat het ons wel allemaal tegelijk zou lukken, nietwaar? Graag dit jaar nog. Keuzes maken is in ieder geval niet míjn sterkste kant. Een creatief brein dat continu kansen ziet en iedere dag met nieuwe ideeën komt en 'kiezen' gaan namelijk niet altijd hand in hand. Gelukkig blijk ik niet de enige die daar moeite mee heeft. Eve Tomaszewski herkent die overvloed aan opties. 'Ik ben heel creatief dus ik heb heel veel ideeën. Ik kan morgen bij wijze van spreken weer een nieuwe business bedacht hebben. Maar ik weet ook: ik kan niet alle ideeën uitvoeren. En hoewel ik dat nog steeds moeilijk vind, probeer ik me te focussen op waar ik nu mee bezig ben: The Goaldiggers Club groot maken en een inkomen genereren.'

Sanne Groot Koerkamp moet ook af en toe streng voor zichzelf zijn: 'Het vervelende aan ideeën is dat ze er ineens zijn. En als je ze dan verspreidt en er ook nog geld mee blijkt te kunnen verdienen, dan ben je natuurlijk bijna gek als je het niet doet. Maar hoe moeilijk ik dat ook vind, soms moet ik me neerleggen bij het feit dat ik niet alles tegelijk kan doen.'

'Ik ga nu van klein doel naar klein doel en denk niet te veel na over de lange termijn,' zegt Emilie. 'Natuurlijk zit daar uiteindelijk wel een bepaalde lijn in. Maar ik weet dat ik pas als ik mijn eerste doel heb bereikt, door kan naar het volgende. Daarna kan ik weer een groter doel voor elkaar krijgen. Op die manier maak ik mijn doelen behapbaar en verlies ik minder snel het overzicht.'

Elisah Jacobs houdt overzicht door ieder jaar twee grote doelen te stellen, een persoonlijk en een zakelijk doel. 'Door één groot doel te hebben, kun je door de bomen het bos zien,' zegt ze. 'Anders heb je te veel te doen. En natuurlijk houd ik me de rest van het jaar ook wel bezig met andere dingen, maar ik focus me op mijn grote doelen. Dat moeten wel haalbare doelen zijn. Zo stelde ik in het begin van Interior Junkie bijvoorbeeld het doel om de naamsbekendheid te vergroten. Toen heb ik er onder andere voor gezorgd dat ik op en in veel (online)magazines kwam te staan en heb ik al mijn Facebook-vrienden gevraagd of ze mijn pagina wilden liken. En ik had een keer als doel "cashen & genieten", meer als grap. Maar toen kwam dat ook echt uit: ik scoorde een grote campagne en gaf mezelf twee maanden New York cadeau. Me op die twee doelen blijven richten vind ik soms ook moeilijk, hoor. Maar als ik merk dat ik afdwaal, geef ik mezelf een soort van *slap in the face*: even focus nu!'

'Ergens voor gaan betekent altijd iets laten,' zegt Nina Pierson. 'Zet voor jezelf de argumenten op een rijtje. Waarom zou je voor het één kiezen en waarom voor het ander? Focus daarna volledig op wat je hebt gekozen en niet op wat je ervoor laat.'

Inmiddels moet ik toegeven: keuzes maken werkt echt. En het kan, óók als je iedere dag vijftig nieuwe ideeën bedenkt. De vrouwen die ik sprak doen het tenslotte ook. Tot voor kort had ik, net zoals Emilie beschrijft, het gevoel dat ik alles het liefst vandaag nog moest hebben bereikt. Ik moest zo snel mogelijk alle ideeën voor nieuwe businesses die ik had opzetten, vijf kilo zijn afgevallen en mijn spaarrekening hebben verdubbeld. Geen uur te verliezen. Ik moest sneller zijn dan het licht. Anders bleef ik achter. Maar ook ik besef dat zo denken allesbehalve effectief is. Als je honderd dingen tegelijk wilt en doet, doe je namelijk niets echt goed. Althans, het maakt je behoorlijk onrustig. Je weet wel: dat gevoel dat je continu achter de feiten aan loopt en nooit eens even 'klaar' bent. Herkenbaar?

Het klinkt misschien gek, maar er ging een wereld voor me open. Ik merkte dat het net als voor Elisah, voor mij heel goed werkt om per jaar een zakelijk en persoonlijk doel te stellen. Focussen op een aantal haalbare doelen geeft rust. En dat niet alleen: het vergroot je zelfvertrouwen. Door keuzes te maken en stapsgewijs doelen te stellen waarmee je een groter doel kunt bereiken, worden je dromen eerder werkelijkheid. 'Je moet vooral heel gefocust zijn en weten dat wat je wilt haalbaar is,' zegt Madeleine van Schendel. Volgens haar word je onzeker als je doelen stelt die je niet kunt behalen. 'Dan ben je continu jezelf aan het teleurstellen en daar word je niet per se effectiever of blijer van.'

'Zeg wat je doet en doe wat je zegt,' antwoorden zowel Madeleine als Suzanne Berings op de vraag hoe je ervoor zorgt dat mensen op je vertrouwen. En dat geldt natuurlijk ook voor het vertrouwen in jezelf. Je kunt niet alles tegelijk waarmaken door simpelweg ergens een beetje geloof in jezelf vandaan te plukken. In plaats daarvan gaat het erom dat je er echt in gelooft en weet dat wat je wilt bereiken haalbaar voor je is. En daarbij mag je jezelf absoluut uitdagen, maar je moet wel realistisch blijven. Want als je keer op keer je onrealistische verwachtingen niet waar kunt maken, stel je jezelf telkens weer teleur. En met ieder succes dat je bij een realistisch doel behaalt, groeit juist het vertrouwen in jezelf. Even daargelaten dat er natuurlijk ook wel eens iets niet lukt, maar dan is er ook geen man over boord (zie hoodstuk 'Je bent Obama niet').

WERK PLANNEN

hoe doe je dat effectief?

Accepteren dat je niet alles tegelijk kunt en realistische doelen stellen is uiteraard slechts het begin. Je moet er wat voor doen om die doelen daadwerkelijk te bereiken. Maar waar begin je? En hoe houd je overzicht?

'Ik werk extreem geordend,' zegt Marloes Pomp. 'Alles staat op een actielijst in *Asana**, op volgorde van prioriteit. De taken van verschillende bedrijven en projecten staan door elkaar. Mijn agenda is volledig volgepland met afspraken en daartussen staan blokken waarin ik mijn actielijst afwerk. Wat ik me in de ochtend voorneem om te gaan doen die dag, doe ik ook. Ik stop pas met werken als dat af is en ik zorg elke dag voor een lege mailbox. Wat ik meteen kan beantwoorden doe ik meteen. Wat later kan, komt op de actielijst. Ik doe als eerste de dingen waar anderen op wachten. Dan kunnen zij alvast verder. Ook belangrijk: als ik met een bepaald actiepunt bezig ben,

Je koffie instagrammen hoort niet bij hard werken, tenzij je daarmee je geld verdient

Sanne Groot Koerkamp

dan focus ik me daar volledig op. Ik denk dan niet aan de andere dingen, die komen later weer.'

Hanna Verboom en Marcelle Mudde vertellen beide dat ze veel gehad hebben aan het boek *Getting Things Done**. Marcelle stelt nu per dag één of twee belangrijke doelen. 'Zo kun je in een dag twee belangrijke zaken afronden en goed doen, in plaats van vijf of tien maar half,' zegt ze. 'En op die manier kom je steeds dichter bij je einddoel.' Ook Madri van Veldhuizen vindt overzicht houden belangrijk: 'Ik denk dat het er vooral om gaat het gevoel te hebben dat je controle hebt over de situatie en niet achter de feiten aan loopt. Dat creëer ik door het werk voor mezelf behapbaar te maken.' Overzicht houdt ze door dingen op te schrijven. 'Ik vind het heel fijn om lijstjes en schema's te maken. Ik heb ook nog steeds een papieren agenda, ik kan níét met een digitale werken.'

Ginny Ramkisoen maakt samen met haar team een jaarplanning. 'We schrijven dan precies op wat er in welke periode gaat gebeuren, want anders vergeet ik het.' Ginny stelt vervolgens kleinere doelen die nodig zijn om het einddoel te behalen. 'Voor de kortetermijndingen maak ik lijstjes. Iedere dag heb ik een paar actiepunten die ik afwerk. Op die manier houd ik het overzicht, zonder lijstjes is dat voor mij echt niet te doen. Het geeft me een voldaan gevoel om iets af te kunnen strepen. Aan het einde van de dag weet ik precies wat ik gedaan heb en wat ik de volgende dag nog moet doen.'

'Bij Booking.com werk ik met jaar- en kwartaaldoelen,' vertelt Suzanne Berings. 'Per kwartaal kijk ik naar hoe ik kan bijdragen aan het grotere geheel, ook *company*breed. Vervolgens kijk ik naar mijn agenda voor het hele kwartaal en plan ik belangrijke meetings en events in. Als laatste kijk ik iedere maandag of ik de komende week voldoende ga doen dat bijdraagt aan mijn uiteindelijke doelen. Zo verdeel ik het een beetje. Iedere dag check ik concreet of ik een stap zet die me dichter bij mijn einddoel brengt.'

Jeranne Koekkoek zegt dat als er één ding is dat zij ook geleerd heeft dan is dat '*to start with the end in mind.*' 'Je moet weten wat je aan het doen bent,' zegt ze. 'Ik ben zo vaak vol enthousiasme aan een project begonnen waarbij ik mezelf op een gegeven moment afvroeg waarom ik iets ook alweer aan het doen was. Beginnen bij het eindpunt is heel belangrijk. Dan kun je gaan kijken wat je nodig hebt om je doel te bereiken.'

Het antwoord op de vraag 'waar begin ik?' is dus simpel: bij het einde. Of het nou om een persoonlijk doel, een opdracht van je manager of een *target* voor je eigen bedrijf gaat. Vraag jezelf af: wat wil ik uiteindelijk bereiken? Daarna reken je terug. Wat is er nodig? En op welke termijn? Die stappen vormen je kleinere doelen. En die kleinere doelen kun je weer opdelen in de activiteiten die je per week of per dag moet doen. Je kunt dan bijvoorbeeld net als Marcelle, Madri en Ginny iedere dag een haalbaar lijstje met doelen opstellen. Alles waar je dan nog meer tijd voor hebt is mooi meegenomen. Want te veel van jezelf verwachten op een dag werkt verlammend. Ook is het niet haalbaar en dus niet effectief.

Zelf vind ik het fijn om grofweg te plannen wat ik per dag moet doen, zodat ik naarmate de deadline dichterbij komt af en toe kan checken of ik nog een beetje op schema lig. Daarbij zijn er dagen dat ik lijstjes afvink – meestal wanneer het echt chaos is in mijn hoofd – maar er zijn ook dagen dat ik gewoon begin en wel zie waar het schip strandt. Belangrijk daarbij is wel, althans, dat vind ik, om aan het einde van de dag even te bedenken of op te schrijven wat ik gedaan heb. Dat is vaak meer dan mijn gevoel zegt (ik zat toch de halve dag op Facebook!?). Het brengt rust en geeft je zelfvertrouwen een boost.

Emilie Sobels: 'Ik ben groot fan van *Redbooth**. Alle meiden uit mijn Hashtag Workmode-team werken daarmee. Het is een taak- en projectmanagementsysteem waar we al onze afzonderlijke *tasks* in zetten en per taak de nodige documentatie kunnen toevoegen of een deadline kunnen aangeven. Er zitten enorm veel handigheidjes in en je kunt het op jouw favoriete manier indelen. Je mailbox stroomt niet vol en alles is geordend per project. Bovendien kun je de taken afvinken als ze klaar zijn. Dat geeft zo'n fijn gevoel!'

Jeranne Koekkoek: 'Bij TravelBird werken we met *Wunderlist**, een tool waarmee je jouw taken kunt bijhouden. Een ander programma dat we veel gebruiken is *Trello**, hierin houden we onze kwartaaldoelen bij. Zodra ik onder druk sta, heb ik meer behoefte aan dat soort tools. Het werkt voor mij ook goed om aan het einde van de dag even af te vinken wat ik allemaal gedaan heb. Dan ga je met een tevreden gevoel naar huis.'

Of niet: want ik heb dagen waarop ik nagerekend écht amper iets heb uitgevoerd. En jij? Niet zo gek, want we zijn snel afgeleid. De hele dag door krijgen we WhatsAppjes, mailtjes of Snapchats. En we kunnen met gemak iedere tien minuten Facebook of Instagram checken. Er is altijd wel iets nieuws te zien of te lezen. Tegenwoordig weet ik dat heel goed te managen: ik zet mijn telefoon op vliegtuigmodus en laat om de twintig tot dertig minuten een timer rinkelen. Als die afgaat mag ik even iets anders gaan doen. De was ophangen, een stukje krant lezen, koffie pakken, mijn WhatsAppjes of mails beantwoorden. Zolang ik me in die twintig tot dertig minuten vliegtuigmodus maar volledig concentreer op wat ik aan het doen ben. En als ik écht een dip heb? Dan stop ik gewoon. Doorwerken als ik niet meer scherp ben heeft namelijk echt geen zin, heb ik gemerkt. Ik ga dan sporten of bijvoorbeeld boodschappen doen. En 's avonds of in het weekend haal ik die uren weer in.

Ginny Ramkisoen: 'Ik heb een coach die mij heeft uitgelegd dat je je maximaal twintig minuten op één activiteit kunt focussen. Langer kunnen je hersenen zich niet daadwerkelijk op iets concentreren. Daarna moet je eigenlijk een paar minuten iets anders doen, voordat je weer terug kunt. Als ik even niet meer kan nadenken dan ga ik een rondje lopen, even op de bank liggen, of lekker internetten. In ieder geval niet iets wat met mijn werkzaamheden te maken heeft.' Milou Verbeke is meestal rond een uur of vier helemaal niet meer productief. 'Dan wil ik gewoon andere dingen doen. Nu ik voor mezelf werk geef ik daar ook aan toe. Meestal word ik dan na het eten weer heel actief en ga ik nog een paar uur aan de slag.'

'Ik zou willen dat ik zou kunnen zeggen dat ik alleen 's ochtends en 's avonds mijn mail check en al mijn werk in acht uur af krijg,' zegt Madeleine van Schendel. 'Maar nee, dat lukt mij absoluut niet. Ik zou effectiever kunnen werken, hoewel ik wel snel en efficiënt werk. Ik ben erachter gekomen dat ik beter mijn afspraken in de ochtend kan plannen, omdat ik dan nog het scherpst ben. En wat voor mij heel goed werkt is vroeg opstaan. Voordat iedereen gaat werken heb ik eigenlijk al mijn mail al gedaan. Dat vind ik heel fijn. Ik bereid daarnaast altijd mijn afspraken van tevoren goed voor, nooit last minute.'

'Als ik iets moeilijk vind, stel ik het uit,' zegt Madri van Veldhuizen. 'Ik plan die "rotklusjes" nu altijd vroeg in de ochtend. Anders lukt het niet meer. Daarom vind ik het ook niet fijn om alleen te werken, in beide bedrijven heb ik een partner. Ik heb een stok achter de deur nodig.'

's Ochtends je meetings of dan juist die moeilijke klusjes. Gefocust acht uur achter elkaar werken of liever 's middags sporten en 's avonds door. Het is maar net hoe je het zelf prettig vindt. Ik werk de laatste tijd zes dagen per week, waarvan één dus in het weekend. Daarnaast werk ik gemiddeld één à twee avonden per week door. Dat geeft me de ruimte om bijvoorbeeld op maandagmiddag een uur te gaan sporten en op woensdag met een vriendin wat uitgebreider te gaan lunchen. Want vijf dagen de hele dag aan een stuk door aan dit boek en mijn andere klussen werken lukt me niet. Dat is ook wel eens anders. Soms vind ik die structuur juist wel heel fijn en geniet ik van vrije avonden en weekenden. Ik probeer het vroegtijdig op te merken als een bepaalde manier van werken voor mij niet meer effectief is. Dan test ik wat anders. Ginny Ramkisoen zegt ook: 'Ik vind het heel interessant om te lezen hoe iemand anders te werk gaat. Soms probeer ik zo'n werkwijze dan ook uit. Het zou zomaar kunnen dat die nieuwe manier dan heel goed voor mij blijkt te werken.'

Die vrijheid in het experimenteren met werktijden heb je natuurlijk als je voor jezelf werkt, maar ik geloof – en dat beaamden de vrouwen die ik sprak ook – dat je zoiets bij de meeste werkgevers wel bespreekbaar kunt maken.

Emilie: 'Onze operational manager in Rotterdam, Jennie Gielen, werkt sinds kort iedere dag van 08.00 uur tot 13.00 uur. Dat is voor ons niet altijd handig, omdat ze niet altijd bij teambesprekingen kan zijn. Maar Jennie zegt dat ze in die vijfurige werkdag veel productiever is dan op een 'normale' werkdag en daar kan ik me wel iets bij voorstellen, dus vind ik het oké. Zelf vind ik het fijn om mijn mails te versturen voordat mensen aan het werk zijn. Dan krijg je tenminste niet direct een reply waar je dan weer wat mee moet, maar kun je echt even je hele mailbox afwerken.'

Maar Suzanne Berings zegt: 'Onze kantoren in Amsterdam zijn geopend van 8.00 uur tot 20.00 uur, de officiële werktijden zijn tussen 8.00 uur en 18.30 uur. Met een halfuur pauze hebben we aardig wat speling om onze eigen werktijden te bepalen. Bij uitzondering is het prima om thuis te werken, maar dit is niet de standaard, deels uit veiligheidsoverwegingen. Ik ben binnen de werkuren namelijk verantwoordelijk voor mijn team. Bovendien hebben we een fantastische kantoorruimte, wordt er een supergoede lunch verzorgd, en hebben we een dakterras, een gameroom en een geweldig team. Genoeg reden om op kantoor te werken. Daarbij geloof ik dat je de beste resultaten behaalt als je als team *face-to-face* werkt. Je moet de mogelijkheid hebben om elkaar *on the spot* vragen te stellen. Ik geloof er sterk in dat digitale middelen nog steeds niet voldoende in staat zijn om deze connectie tussen mensen tot stand te brengen.'

Kortom: deel je langetermijndoelen op in concrete activiteiten en werk die zo effectief mogelijk af, op een wijze die voor jou en/of jouw team goed werkt. Deel je tijd op zo'n manier in dat je het volhoudt om in de uren die je werkt alles te kunnen geven. Want het allerbelangrijkste is: als je succes wilt hebben moet je hard willen werken, daar zijn alle vrouwen die ik spreek het over eens. En om het nog maar even duidelijk te maken: 'Koffiedrinken en dan een uur doen over het op Instagram zetten van die koffie hoort daar niet bij,' zegt Sanne Groot Koerkamp. 'Tenzij je daarmee je geld verdient.'

BESLISSINGEN NEMEN

de gouden tip die intuïtie, adviseur of coach heet

Vol overtuiging knopen doorhakken. We zijn er als vrouwen doorgaans niet heel goed in. Ons gevoel zegt het één, onze gedachten wat anders. En soms, soms weten we gewoon eventjes hélemaal niet wat we willen, vinden of voelen. Maar hoe doe je dat dan ook? Beslissingen nemen? Zeker als je niet weet wat juist is?

'Ik denk dat je wel weet wat je wilt, maar je wordt afgeleid doordat je bang bent voor wat andere mensen ervan vinden,' zegt Nina Pierson. 'Of omdat je ratio het overneemt en je denkt: dit kan helemaal niet. Terwijl je in je hart vaak wel weet wat je moet doen.' Neelie Kroes zegt dat als je naar je intuïtie luistert, je vervolgens met je gezond verstand kunt beredeneren hoe je die keuze in een proces vorm kunt geven. 'Ik denk vaak: dat ga ik doen, dat voelt goed,' zegt ze. 'Daarna denk ik na over hoe en wat er allemaal bij komt kijken. Het is dus niet zo dat ik enkel op mijn emotie en gevoel afga, maar vaak beslis ik zonder er diep over na te hebben gedacht. Wanneer ik dan doordenk, denk ik achteraf: dat was inderdaad het juiste. Als je wacht tot je ergens helemaal zeker van bent, ben je soms ook te laat. De mensen die echt helemaal zeker zijn van iets, zijn ook vaak degenen die geen initiatief nemen wanneer dat genomen had kunnen worden. Ze staan niet open voor andere opties.'

Suzanne Berings heeft moeten leren om meer op haar gevoel af te gaan. 'Bij Booking.com heb ik een paar momenten gehad waarop ik dacht dat ik iets moest doen maar dat het niet per se goed voelde,' vertelt ze. 'Mensen die me goed kennen hielpen me dan herinneren aan mijn eigen visie en stelden kritische vragen over waarom ik dan toch die andere weg in wilde slaan. Ik kan soms de neiging hebben om van koers te veranderen omdat iemand tegen me zegt dat ik iets goed kan en ik me dan gevleid voel. Achteraf blijkt het dan niet de juiste keuze. Mijn advies is dus – ook aan mezelf – echt om dicht bij je gevoel te blijven.'

'Mijn tip is om bij alle beslissingen de consequenties van iedere mogelijkheid even voor je te zien,' zegt Sanne Groot Koerkamp. 'Je moet vooruitdenken. Ik moet nu bijvoorbeeld een grote beslissing nemen over of we het reguliere nummer uitbreiden naar een *Glamour*-kerstspecial of dat we een apart kerstboek gaan maken. Iedereen wil dat kerstboek wel maken, maar iedereen is ook heel moe na een ontzettend druk jaar. Dat is een moeilijke beslissing, want met dat kerstboek kan ik wel veel geld verdienen voor *Glamour*. Ik zou het kunnen uitbesteden aan een freelancer, maar dan zie ik voor me hoe hier iets tofs binnenkomt en dat mijn redactieleden enorm balen dat ze er geen invloed op hebben gehad. Maar wanneer ik ervoor kies om het hier te laten maken, zie ik drie weken lang iedereen tot 21.00 uur 's avonds hier zitten. Is het extra geld dat het bedrijf daarmee verdient het waard om mijn team half overspannen de kerstdagen in te sturen? Hoewel ik het liefst die special zou maken, kunnen we dan toch beter het reguliere nummer met wat extra pagina's uitbreiden. Dat kost minder moeite en daarmee maken we nog steeds iets moois. Door even goed na te denken over wat de impact van een bepaalde beslissing is, kan ik een betere keuze maken.'

'Ik ben erg chaotisch en impulsief,' zegt Milou Verbeke. 'Dat zijn twee eigenschappen die niet altijd even handig zijn. Ik heb trucjes aangeleerd die mij helpen om daar makkelijker mee om te gaan. Ik neem minder impulsieve beslissingen door mezelf tijd te gunnen om ergens over na te denken. Wanneer ik een belangrijke e-mail krijg, dan stuur ik niet direct iets terug, maar denk ik er even over na. En als ik er niet uitkom, stuur ik hem door naar iemand anders.'

'Het is goed om ergens langer over na te denken en voor- en tegenargumenten op te schrijven, maar je moet ook vertrouwen op je eigen intuïtie,' vindt Nina. 'Vaak is je eerste gedachte de goede gedachte. Wanneer ik even niet precies weet wat ik ergens van vind of hoe ik me erover voel, dan praat ik er met mensen over. Niet met ieder *random* persoon, maar met mijn man, beste vriendinnen of mijn moeder, die kennen mij goed. Hun meningen kunnen onderling verschillen, maar ik merk algauw wanneer ik iemand tegen ga spreken of dat iemand me juist op andere gedachten brengt. Uiteindelijk trek ik mijn eigen conclusie.'

'Als ik ergens niet uitkom doe ik vaak een soort onderzoekje,' vertelt ook Ginny Ramkisoen. 'Dan leg ik de kwestie voor aan mijn compagnons, mijn vriend, of beste vriendinnen. Wie vindt wat en waarom? Daarna beslis ik met wie ik het het meeste eens ben of wie de meest realistische kijk heeft op de keuze die ik moet maken.'

Zijn al die verschillende meningen dan niet extra verwarrend? Dat vind ik soms wel. Eve Tomaszewski herkent mijn vraag. 'Vroeger legde ik mijn vraagstukken voor aan veel mensen om me heen,' zegt ze. 'Maar van al die verschillende meningen raakte ik alleen maar in de war. Iedereen geeft je advies vanuit zijn eigen ervaring, gevoel en perspectief. Nu leg ik een selectief aantal vrienden en familieleden nog wel eens iets voor, maar uiteindelijk ben ik de enige die de keuze kan maken. Het antwoord zit vaak diep vanbinnen, daar moet je mee proberen te connecten.' Evelien de Vries zegt ook: 'Zoek uit hoe je intuïtie aanvoelt en vertrouw daarop. Je moet dat gevoel durven volgen.'

De vrouwen die ik sprak volgen hun eigen intuïtie, zetten de voors en tegens van een beslissing op een rijtje en sparren met familieleden, vrienden of collega's over een bepaalde kwestie. Verder valt me op dat de meesten van hen ook regelmatig externe hulp in de arm nemen.

'Toen ik begon met *F.A.L.L.* kreeg ik van de bank naast krediet een coach aangeboden,' zegt Milou Verbeke. 'Eens in de zoveel tijd sprak ik met haar af en hielp ze mij met de financiële zaken. Op dit moment krijg ik een aantal workshops van een salescoach en daarnaast helpt mijn vader me nu met de financiën.'

'Ik spar veel met andere ondernemers,' zegt Wendy Bogers. Twee jaar geleden zette ze Ligo.nl op, een platform waarop ze contracten automatiseert en juridische diensten voor een vaste prijs per maand aanbiedt. Daarmee maakt ze het regelen van juridische zaken voor iedere ondernemer toegankelijk. Met haar grote blauwe ogen en innemende karakter is ze een bijzondere verschijning in de juridische én technische wereld, die voornamelijk door mannen wordt gedomineerd. 'Eén keer per maand heb ik een gesprek met een adviseur, tevens een investeerder van Ligo,' vertelt ze. 'We bespreken de groei van Ligo, mogelijke samenwerkingen en dingen waar ik tegenaan loop. Ze geeft me veel tips. Ik merk dat veel ondernemers elkaar graag willen helpen. Advies krijgen van andere ondernemers die "het trucje" al een keer eerder hebben uitgevoerd is ontzettend waardevol. Zij kunnen je ook weer behoeden voor valkuilen. Soms krijg ik advies dat lijnrecht staat tegenover het advies dat ik van iemand anders heb gekregen. Dat is niet erg, op basis van alle adviezen en ervaringen van anderen kan ik beter tot een besluit komen en gevolgen goed overzien.'

'Vraag advies aan iemand die vanuit een heel andere hoek komt of waarvan je weet dat hij of zij altijd anders over dingen denkt dan jijzelf,' zegt Nicole Huisman. 'Dat geeft nieuwe inzichten!'

Mariëlle Smit spreekt sinds een tijdje één keer in de twee tot drie maanden met een businesscoach af. 'Dan hebben we het over hoe het met het bedrijf gaat en welke kant ik op wil, maar ook over mijn persoonlijke doelen,' vertelt ze.

Als je koningin Máxima vraagt, krijg je misschien geen antwoord. Maar je kunt het altijd proberen

Jeranne Koekkoek

Haar compagnon Lotte Brunninkhuis vindt het zelfs het grootste cadeau dat je jezelf kunt geven. 'Wat ik echt als een les heb ervaren is de persoonlijke groei die je doormaakt wanneer je openstaat voor feedback van anderen. Toen Mariëlle en ik net begonnen met ondernemen, waren we allebei ontzettend eigenwijs en hadden we het gevoel de wijsheid in pacht te hebben. Het is echter onvermijdelijk dat je jezelf regelmatig tegenkomt, zowel in de samenwerking met je compagnon als in elke nieuwe fase van je bedrijf. Inmiddels praten we regelmatig met een bedrijfscoach en -psycholoog.'

Sanne Groot Koerkamp volgt veel coachingsessies en therapieën. 'Dat helpt me ontdekken waar bepaalde eigenschappen vandaan komen en hoe ik als leidinggevende kan groeien,' zegt ze. Ook Emilie Sobels zoekt wel eens hulp bij professionele partijen. 'Ik heb een paar keer met een psycholoog gepraat,' vertelt ze. 'In Nederland wordt het bezoeken van zo iemand nog veel gelinkt aan het hebben van grote problemen, maar ik denk dat iedereen baat zou hebben bij een paar gesprekken. Het is heel fijn om een uurtje alleen over jezelf te kunnen praten, vaak geeft alleen dat al inzichten over jezelf en hoe je bepaalde dingen in de toekomst eventueel beter kunt aanpakken dan voorheen.'

Marloes Pomp laat zich zowel privé als zakelijk af en toe coachen. 'Ik heb mensen om me heen van wie ik weet dat ze ergens beter in zijn of iets anders kunnen dan dat ik kan,' vertelt ze. 'Ik werk bijvoorbeeld veel met iemand samen die veel diplomatieker is dan ik. Hij kan dingen veel mooier brengen en maakt minder snel ruzie. Als ik dan een gesprek een beetje heb vernacheld, kan ik na afloop aan hem vragen hoe ik dat beter had kunnen doen. Ik zal er nooit zo goed in worden als hij, maar zo iemand kan wel helpen om te reflecteren op je gedrag. Daarnaast heb ik meerdere coaches met wie ik kan sparren over of ik de juiste dingen doe en de juiste keuzes maak.'

'Zeker als je nieuw bent in een organisatie is het slim om iemand van hogerop te vragen om jou te coachen,' vervolgt Marloes. 'Om je wegwijs te maken in hoe het er binnen dat bedrijf aan toe gaat en waar je op moet letten. Zo iemand kan jou ook weer aan contacten helpen. En op hun beurt leren zij ook weer van die gesprekken door te horen hoe de "jonkies" denken. Ik heb het idee dat niemand dat durft te vragen, terwijl op hoger niveau bijna iedereen een coach heeft. Althans, om me heen zie ik dat succesvolle mannen en vrouwen allemaal een coach hebben. Dat kunnen professionele coaches zijn die je betaalt, maar ook mensen naar wie je opkijkt.'

Dat zou ik ook wel willen, zo'n coach. Maar hoe vind je de juiste? En hoe vraag je iemand om hulp en advies, terwijl diegene daar zelf misschien niets aan heeft?

'Ik heb op LinkedIn veel mensen aangeschreven,' vertelt Jeranne Koekkoek. 'Iedereen vindt het leuk om te horen dat je onder de indruk bent van zijn of haar ervaring. Vaak zeg ik dat ik benieuwd ben wat ik van diegene kan leren. Daar heb ik veel "koffiedates" aan overgehouden. Het maakt volgens mij niet uit of je in mijn rol zit of dat je net begint. Niemand zal negatief reageren als je het goed aanpakt. Het enige wat je hoeft te doen is interesse tonen en zeggen dat je wilt leren. Oké, als je dit aan koningin Máxima zou vragen dan zul je waarschijnlijk geen antwoord krijgen. Maar dan nog, je kunt het altijd proberen.' Zeker weten, Emilie en ik kregen tenslotte ook Neelie Kroes te spreken.

'Het is belangrijk om van tevoren na te denken over wat je van iemand wilt leren,' zegt Marloes. 'Wil je vooral feedback op hoe je het doet? Of wil je iemand die je helpt bij het maken van keuzes? Of wil je binnen de organisatie iemand die jou helpt met hoe het intern allemaal werkt? Hoe duidelijker je dat voor ogen hebt, hoe makkelijker je iemand iets kunt vragen. Ik denk dat bijna iedereen wel openstaat voor één of een paar gesprekken. Je geeft iemand alleen al een heel groot compliment door het te vragen. Natuurlijk kan iemand ook nee zeggen, maar dat zou dan eerder praktische redenen hebben, denk ik.'

'Ik ken mijn coach uit de *business*,' vertelt Madeleine van Schendel. 'Ik had altijd heel veel respect voor haar en haar carrière en het leek me daarnaast ook een hele leuke dame. Tijdens een borrel ben ik op haar afgestapt en toen heb ik gevraagd of ze mij wilde coachen. Dat is best spannend om te doen, maar ze reageerde heel enthousiast. Nu ga ik één keer per maand met haar lunchen of borrelen, of maken we een strandwandeling. Er is daardoor een soort vriendschap ontstaan. Volgens mij moet je iemand uitkiezen van wie je denkt: Ja! Ik wil zakelijk iets van jou leren. Je moet dan gewoon op hem of haar afstappen en het vragen.' Net als Marloes zegt ze dat je alleen al door het te vragen die persoon een groot compliment geeft. 'Volgens mij zijn mensen vaak bang om zoiets te vragen aan iemand, maar dat is nergens voor nodig,' zegt ze.

'Naast mijn businesscoach vraag ik ook andere mensen in mijn netwerk om advies,' vervolgt Madeleine. 'Dat geeft altijd nieuwe inzichten. Een van de belangrijkste dingen die ik geleerd heb is dat je niet weet wat je niet weet. Belangrijk daarbij is wel: luister naar de adviezen die je krijgt, maar kies altijd je eigen pad. Iedereen is uniek en dat is ook meteen je kracht.'

Om advies vragen en uiteindelijk je eigen keuze maken. Check. Maar: wat als iets een verkeerde beslissing blijkt te zijn? Reken maar van yes dat die kritische duivel (waarover later meer) dan om de hoek komt kijken. Waarom heb je niet voor dat andere gekozen? Jij domme... – dit schrijf ik maar even niet op.

'Het heeft geen zin om over een verkeerde keuze te gaan malen, je kunt hem in de meeste gevallen niet terugdraaien,' zegt Neelie Kroes. 'Je moet proberen om er iets van te maken wat wel in jouw stramien past.'

'Ik herinner mezelf altijd aan het feit dat ik alle beslissingen die ik neem, neem met de informatie die ik op dat moment heb, en met de beste intenties,' zegt Suzanne Berings. 'Er zijn momenten waarop ik denk: als ik had geweten wat ik nu weet, dan had ik een andere beslissing genomen. Maar achteraf is het altijd makkelijk praten. De lering die je uit zo'n situatie kunt trekken is dat je de volgende keer misschien nog iets beter kunt kijken naar alle feiten die voor je liggen. Naarmate je meer ervaring opdoet, word je beter in het nemen van beslissingen.'

LAAT JEZELF ZIEN EN HOREN

wees niet bang om uit te spreken wat je denkt en wilt

Misschien wel het belangrijkste bij het bereiken van je doelen: spreek ze uit. 'Laat jezelf zien en horen', dat werd mij althans meerdere keren verteld. Marcelle Mudde zegt dat je je dromen en doelen moet delen met iedereen om je heen die het maar horen wil. Maar wat bedoelt ze daar precies mee? 'Als mensen van jouw dromen af weten zullen ze aan je denken wanneer ze iets horen of zien wat jou kan helpen. Dat gebeurt niet als niemand van jouw ideeën af weet. Durf te delen en om hulp te vragen.' *That makes sense.*

'Mijn allereerste doel als ondernemer was het hebben van voldoende opdrachtgevers,' zegt Anne van Laarhoven. 'Ik geloof heel erg in persoonlijk contact, een kop koffie drinken met mensen die je inspirerend vindt of die jou verder kunnen helpen. Stel daarbij vooral heel veel vragen. Vertel daarnaast aan iedereen wie je bent, wat je doet en waar je goed in bent. Probeer dat op zoveel mogelijk manieren te doen. Dat lijkt misschien overdadig, maar lang niet iedereen pikt al die boodschappen op. Het is er simpelweg voor nodig om ervoor te zorgen dat mensen je in een "hokje" gaan plaatsen en als eerste aan jou denken wanneer ze iemand nodig hebben voor hetgeen waar jij goed in bent.'

'Ik merk dat ondernemers soms last hebben van Hollandse bescheidenheid,' vervolgt Anne. 'Maar ik geloof dat je jezelf als een merk moet benaderen en uiten en je zelf je grootste fan moet zijn, dan gaan anderen daar ook in geloven. Zeker in het begin vond ik dat lastig, omdat ik toen zelf nog niet zo goed wist waar ik als ondernemer stond. Dan voelt iedere afspraak met een potentieel nieuwe opdrachtgever weer als een blind date en voelt het superongemakkelijk om te zeggen dat je een eigen bedrijf hebt en te vertellen waar je zo goed in bent. Maar dat is iets waar je in moet groeien en waar je steeds beter in wordt naarmate de tijd verstrijkt.'

Elisah Jacobs zegt ook: 'Toen ik ging freelancen heb ik op Facebook en LinkedIn gezet dat ik op zoek was naar nieuwe opdrachten. En ik ben met iedereen koffie gaan drinken die me eventueel aan een nieuwe klus zou kunnen helpen. Dat was trouwens wel grappig, want ik zat in de WW en ik had niet zo veel geld. Dus ook niet altijd voor koffie. Maar omdat het volgens mijn moeder héél belangrijk was om kopjes koffie te gaan drinken heeft zij dat nog een tijdje gesponsord. Ik mocht alle bonnetjes bij haar declareren en er zelfs af en toe een taartje bij nemen,' zegt ze lachend. 'Inmiddels kan ik dat gelukkig weer zelf betalen en dat doe ik ook nog steeds heel veel. Facebook gebruik ik als een soort portfolio om mijn "vrienden" op de hoogte te houden van waar ik mee bezig ben en wat ik publiceer.'

Dus als je een baan of klanten zoekt: zeg dat tegen iedereen die het maar horen wil, want dat gaat je helpen. Maar ook als je een idee hebt voor een eigen bedrijf moet je niet bang zijn om dat te delen. Volgens Eve Tomaszewski moet je iets soms gewoon even in de ether gooien, ook als het nog niet helemaal af is. 'Ik heb het platform voor The Goaldiggers Club ook online gezet terwijl ik er nog niet helemaal tevreden over was,' zegt ze. 'Maar een eerste opzet aan mensen laten zien geeft energie en dan gaat het wel groeien. Bovendien weten anderen dan ook van je idee af. Als ik dat niet had gedaan, was ik nu bijvoorbeeld ook niet in dit boek terechtgekomen.' En ook Wendy Bogers is voordat er ook maar iets stond, haar idee voor Ligo gaan verspreiden. 'Door die gesprekken begon mijn idee meer vorm te krijgen. Mijn businessplan heb ik ook aan een aantal vrienden voorgelegd zodat zij daar feedback op konden geven.'

Aan zowel Eve als Wendy vraag ik of ze bij het verspreiden van hun idee niet bang zijn dat andere mensen daarmee aan de haal gaan. Wendy niet, zegt ze. 'Ik heb het niet tegen heel veel mensen gezegd, maar het is lastig om een idee waar je lichtelijk *obsessed* door bent niet te delen met anderen. Daarbij ben ik wel een tikkeltje naïef hoor, ik vertrouw mensen soms te snel. Nu waren veel van deze personen of vrienden, of personen die zelf ook bij een start-up hadden gewerkt.' Eve is er ook niet bang voor. 'Ik geloof niet in concurrentie,' zegt ze. 'Ik geloof in wat ik kan. En natuurlijk zullen er soortgelijke initiatieven komen, maar ik geloof ook: alleen ik kan doen wat ik doe, en jij wat jij doet. Het zal nooit precies hetzelfde worden. Er is een boek, *Steal like an artist**, dat erover gaat dat je soms je inspiratie wel ergens anders vandaan kunt halen, maar dat jij uiteindelijk alleen kunt doen wat jij doet.'

'Ook als je ergens werkt of stage loopt is het belangrijk om je te laten horen. Je moet niet wachten tot mensen je opdrachten geven, maar zelf met ideeën komen,' zegt Eve. 'Ik heb een tijdje een styliste geassisteerd. Ik weet nog wel dat zij zei: "*You have to think for me.*" Ik snapte echt niet wat ze daarmee bedoelde. In de loop der tijd leerde ik begrijpen dat je het verschil kunt maken door vooruit te denken, door voor mensen te denken. Je moet ze een stap voor zijn: doen waar mensen nog niet over hebben nagedacht. Daar kun je jezelf ook mee in de schijnwerpers zetten. Op een gegeven moment werkte ik bij *Vanity Fair* in New York. We stonden met vijf assistenten in het modehok toen de stylist binnenkwam en schoenen op de grond begon te gooien die ze niet wilde gebruiken. Toen dacht ik: oké, "*you have to think for me, you have to think for me*" en begon ik de schoenen op een rijtje te zetten. Toen de styliste vroeg wie dat had gedaan, kon ik mijn hand opsteken. Ik viel op.'

Sanne Groot Koerkamp zegt dat je soms je idee moet doorzetten, ook al denken anderen dat het toch niets wordt. 'Je hebt wel eens te maken met mensen die hoger in de boom zitten, die denken in getallen en iets niet aandurven omdat het er op papier niet goed uitziet. Maar als jij aanvoelt dat iets een succes kan worden, moet je het soms gewoon tóch doen. Hoe eng dat ook is. Je wordt dan vanzelf wel teruggefloten als je leidinggevenden het daar echt niet mee eens zijn. Of je verrast ze met het feit dat wat je hebt gedaan een groot succes is. Een risico nemen is af en toe best goed.' Emilie Sobels is het met Sanne eens. 'Ik werk veel liever met mensen die initiatief tonen en een keer op hun bek gaan, dan mensen die wachten op "orders" en alleen maar uitvoeren,' zegt ze. 'De beste werknemers of partners zijn degenen die, wanneer je aan ze vraagt of ze iets kunnen doen, antwoorden dat ze het al gedaan hebben.'

Kortom: spreek uit wat je wilt bereiken, zowel online als offline, zodat anderen ervanaf weten en je op kansen kunnen wijzen. Wees niet bang om je ideeën te delen, val op door initiatief te tonen en dingen te doen zonder dat daarom wordt gevraagd.

GEWOON DOEN

ook als je bang bent om te falen

Jezelf laten zien en horen is soms nog best eng als je net ergens stage loopt of werkt. Want: wat als ze jouw ideeën niets vinden? Of wat als jouw initiatief grandioos mislukt? En die 'wat als'-vraag is er trouwens wel vaker. Want: wat als je tijdens het geven van een presentatie ineens niet uit je woorden komt? In een meeting het antwoord op een bepaalde belangrijke vraag niet weet? Rood wordt? Of iets geks zegt?

Emilie Sobels schreef er in februari een mooi artikel over op Glamour.nl. Ook zij kent die 'wat als'-angst. 'Het gekke is dat als het om mijn werk gaat, ik op de een of andere manier meer lef lijk te hebben dan als het emotionele zaken betreft,' schrijft ze. 'Zo vind ik het totaal niet eng om een lezing voor een groot publiek te geven, een gesprek met een belangrijk zakenwonder te voeren, of om me publiekelijk uit te spreken over gevoelige onderwerpen, zoals feminisme. Daarentegen ben ik wel bang voor inbrekers als ik alleen thuis ben. Ik ben ook vaak bang dat mensen me stom vinden of dat ik iemand verlies waar ik zo ontzettend gek op ben. Politiek is ook zo'n zwak punt. Ik ben altijd bang dat ik er niet over mee kan praten en iets ongelooflijk-super-absurd-doms zeg. Met voetbal heb ik hetzelfde. Is dat terechte angst? Moet ik me niet aanstellen? Ik weet het niet. Ik weet alleen dat beide versies passen bij wie ik ben. Ik kan in een goede outfit met hoge hakken écht zelfverzekerd naar een afspraak gaan, maar ik kan net zo goed die avond verdrietig op de bank liggen omdat ik bang ben dat iets me ineens niet lukt.'

Marloes Pomp zegt vreemde dingen spannend te vinden: 'Ik durf niet te bellen met mensen die ik niet goed ken. Dat is omdat ik weet dat ik telefonisch minder sterk ben dan in een face-to-facegesprek, dus daar ben ik onzeker over. En ik vind het spannend om naar een nieuwe sportschool te gaan omdat ik dan niet weet hoe het precies werkt. Maar dat betekent niet dat ik het nooit doe. Ik heb volledig van mezelf geaccepteerd dat dat malligheden zijn die niet voorbijgaan. Ik maak dat soort situaties zo makkelijk mogelijk voor mezelf. Ik plan telefoontjes bijvoorbeeld in na een gesprek. Dan zit in nog in de flow en het enthousiasme van het gesprek ervoor. Of ik haal even extra lekkere koffie voor mezelf.'

De beste remedie tegen spanning is volgens Marloes dus: gewoon doen. Vermijd de dingen die je eng vindt juist níét. 'Presenteren vond ik vroeger ook een hel, maar dat was voor mij gewoon een kwestie van vlieguren maken,' zegt ze. 'Ik heb nu heel veel presentaties gedaan en het maakt me nu niet uit op welk podium ik sta, ik vind het fantastisch. Ik geniet van de adrenaline die die spanning oplevert. Dat maakt ook dat ik beter presteer.' Marcelle Mudde zegt ook: 'Het geeft echt een kick om buiten je comfortzone stappen. Daar groei je van als persoon en je krijgt er meer zelfvertrouwen van.'

'Het is een kwestie van je ergens overheen zetten,' zegt Elisah Jacobs. 'Onzeker zijn mag altijd, maar het moet niet de overhand krijgen. Ik ben bijvoorbeeld altijd nog wel een beetje zenuwachtig voor een klus. Ga ik het wel goed doen? Achteraf ben ik tevreden. Het is gezonde spanning en dat is volgens mij ook oké, het belemmert me niet in wat ik wil bereiken.'

Alles waarvan ik denk dat ik het moet doen, doe ik, ook al durf ik niet

Milou Verbeke

Ook Anne van Laarhoven antwoordt op de vraag hoe zij omgaat met dingen die ze eigenlijk heel spannend of eng vindt: 'Gewoon doen! Ik ben op dit moment bezig met het ontwerpen van een make-upmerk voor een Russische klant. Dat vond ik in het begin ook wel erg spannend. Ik had nog nooit zo'n grote internationale klus gedaan en bovendien verliep al het contact via Skype. Ook bij andere klussen voel ik wel even een druk. Iemand schenkt mij zijn vertrouwen en gaat ervan uit dat ik professioneel ben, en voor elkaar ga krijgen wat hij of zij wil. Uiteindelijk komt het altijd goed. En al maak ik een fout, dan is dat ook niet onoverkomelijk. Ik ben tenslotte ook maar een mens.' Anne spreekt zichzelf soms even bemoedigend toe. 'Ik heb ook wel eens gehad dat ik iets moest presenteren en dat ik dat doodeng vond. Maar in dat soort situaties zeg ik tegen mezelf: Anne, je kunt dit gewoon. Je gaat dit gewoon even rocken, daarna mag je wel weer onzeker zijn.'

'Toen ik mijn eerste product moest gaan verkopen vond ik het doodeng om potentiële klanten te benaderen,' zegt Evelien de Vries. 'Ik was vrij onzeker en wist helemaal niet wat verkopen nou precies inhield. Bovendien wist ik niets van de kappersmarkt. Het enige wat ik wist was dat ik succesvol wilde zijn. Dus ik deed het gewoon.'

Ik ging het bij mezelf na: er zijn eigenlijk best veel dingen die ik nu zonder moeite doe waarvan ik vroeger de rillingen kreeg en die ik daarom uit de weg ging. Op mensen afstappen om iets te vragen bijvoorbeeld. Als klein meisje besteedde ik zoiets liever uit aan mijn broertje. Nu kan ik me niet meer voorstellen dat ik dat eng zou vinden, laat staan begrijpen waarom anderen daar moeite mee hebben. Ik had er nooit meer bij stilgestaan dat ik dat vroeger zelf ook spannend vond en dat ik daaroverheen was gegroeid, waarschijnlijk omdat ik het inmiddels al zo vaak had gedaan. Mijn eerste sollicitaties brachten ook een koffer – wat zeg ik: wel tien koffers – zenuwen en 'wat als-jes' met zich mee. Nu vind ik het leuk. En zo kan ik nog wel even doorgaan: mijn eerste interviews, de eerste paar keer dat ik een potentiële adverteerder of samenwerkingspartner moest bellen met een voorstel. Deed ik dat niet, dan kwam ik geen stap verder, het hoorde bij mijn werk of stage. Het werd me dus gevraagd door mijn begeleider, manager of opdrachtgever, en dan kun je natuurlijk niet zeggen dat je dat niet durft. Dat zou gênant zijn. Nee, ik deed het gewoon. En nu doe ik het met plezier.

'Op de middelbare school had ik heel erg last van faalangst,' vertelt Milou Verbeke. 'Daar was ik op een gegeven moment zo klaar mee. Toen heb ik met mezelf afgesproken dat ik alles gewoon ging doen. Hoe? Dat maakte niet uit. Als ik het maar deed. Aan die afspraak houd ik me nu nog steeds. Alles waarvan ik denk dat ik het moet doen, doe ik, ook al durf ik niet. Die faalangst kwam vooral voort uit het feit dat ik erg bezig was met wat anderen van me vonden, denk ik. Nu vind ik dat veel minder belangrijk. Ik word bijvoorbeeld snel rood. Dat hoeft niet eens een aanleiding te hebben. Vroeger vond ik dat heel erg, maar nu denk ik: tja, het gebeurt nou eenmaal. En als ik zenuwachtig ben kan ik heel snel gaan praten. Ook dat heb ik geaccepteerd. Ik vind het belangrijker dat ik een presentatie die ik eng vind toch gewoon doe.'

Volgens Neelie Kroes is faalangst iets waar we vanaf moeten. 'Zeker vrouwen laten zich daar vaak door tegenhouden en dat zouden ze niet moeten doen,' zegt ze. Toevallig besloot ik een tijdje geleden ook die afspraak met mezelf te maken. Ik zou niets meer uit de weg gaan omdat ik het te spannend zou vinden. Het gekke was dat toen ik bijvoorbeeld besloot om nooit meer een vraag achterwege te laten omdat ik 'm in een grote groep niet durfde te stellen, ik er de eerstvolgende keer dat dat aan de orde was niet eens meer over nadacht. Ik stelde gewoon mijn vraag. En *guess what?* Niemand reageerde alsof ik iets superdoms vroeg en ik had ook écht niet het gevoel dat de hele groep dacht dat ik niet zo snugger was. Maar ik weet ook: iets gewoon doen terwijl je het eigenlijk niet durft, is niet altijd even makkelijk.

'Je kunt het ook zien als een soort onderzoek,' zegt Elisah. 'Dat heb ik ook gedaan toen ik mijn vaste baan opzegde en ging freelancen. Ik stelde de deadline voor mezelf dat als ik na een jaar nog steeds geen euro had omgezet, ik misschien iets anders moest gaan doen. Maar ik gaf het wel een kans. Ik heb trouwens een mok in mijn badkamer staan waarop staat:

WHAT IF YOU DIDN'T. Daar word ik iedere ochtend aan herinnerd als ik mijn tanden poets.'

Het enige antwoord dat ik kan geven op de vraag: 'Wat als ik iets wil maar niet durf?' is dus: *just do it!* Dat klinkt misschien erg kort door de bocht, bij ernstige faalangst zou je misschien ook eens bij een psycholoog aan kunnen kloppen of andere professionele hulp kunnen zoeken. Maar gewoon doen is in ieder geval een eerste goede tip, zo pakken de vrouwen die ik sprak het ook aan. En waarschijnlijk kom je er dan achter dat iets helemaal niet zo eng is als het lijkt.

Dat *just do it* geldt eigenlijk voor alles. 'Het is zo verleidelijk om over iets na te blijven denken of erover te praten,' zegt Eve Tomaszewski. 'Maar je moet in actie komen als je iets wilt bereiken.' En het antwoord van Suzanne Berings op de vraag: 'Wat zou jij tegen jouw twintigjarige zelf willen zeggen met de kennis die je nu hebt?' is ook heel duidelijk: 'Stel niets uit tot morgen wat je ook vandaag kunt doen.'

GEEF NIET TE SNEL OP

wat te doen bij tegenwind?

Gewoon doorzetten! Dat antwoordden mijn ouders steevast wanneer iets niet lukte. Nou geef ik absoluut niet snel op, en als het mijn vrienden tegenzit ben ik de eerste die roept dat ze de hoop niet mogen opgeven. Maar wanneer iets meerdere malen niet goed gaat, dan uit je doorzettingsvermogen zich vooral in het oplepelen van een hele bak ijs. Of twee. Dat weet ik ook. Tja, hoe blijf je in jezelf geloven als je bijvoorbeeld voor de tiende keer wordt afgewezen bij een sollicitatie? Als je voor de zoveelste keer een 'Nee' ontvangt op die sponsoraanvraag? Of als een van je projecten grandioos mislukt?

'Tegenslagen horen bij het leven,' zegt Anne van Laarhoven. 'Vooral bij het ondernemen. Zoals opdrachtgevers die niet willen betalen of een samenwerking die stroef verloopt. Zeker in het begin werd ik daar heel onzeker van. Ik was bang dat ik het niet kon, dat ondernemen niets voor mij was. Maar ik vond het te leuk dus zette ik door.' Knap, vind ik. Hoe bleef ze in zichzelf geloven? 'Je moet het vertrouwen blijven houden dat iets je op een gegeven moment wel gaat lukken,' zegt ze.

Maar wat als iets keer op keer niet lukt? Zoals worden afgewezen bij je zoveelste sollicitatie? 'In dat geval moet je ook beseffen dat het niet altijd aan jou ligt,' zegt Madri van Veldhuizen. 'Je weet natuurlijk nooit wie er nog meer op jouw droombaan solliciteert. Misschien is er iemand bij met meer ervaring. Je moet soms ook geluk hebben.' En Ginny Ramkisoen zegt ook: 'Ik heb vriendinnen gehad die anderhalf jaar bezig waren met solliciteren, op hartstikke leuke functies waar ze ook echt perfect voor waren – maar iedere keer was er iemand die in de ogen van de werkgever nét even beter was. Ik bleef dan zeggen: het ligt niet aan jou. Het is níet persoonlijk. Het kan gewoon zo zijn dat er iemand anders solliciteert die iets beter geschikt is. Dat is balen maar – en dat geldt voor alles – als je iets niet doet of ermee stopt, dan gaat het je sowieso niet lukken. Probeer jezelf in de tussentijd bezig te houden. Desnoods doe je vrijwilligerswerk. Blijf aan de gang en blijf erover praten. Ik heb geen gouden tip waarmee je na een jaar solliciteren nog steeds gemotiveerd blijft, het is gewoon megademotiverend. Het beste wat ik kan zeggen is: vat het niet persoonlijk op. Dan wordt het echt een heel negatief proces.'

'Iedere keer als ik een volgende stap wilde maken dan had ik een hele hoop sollicitatiegesprekken, ook bij bedrijven waar ik misschien wat minder in geïnteresseerd was,' vertelt Suzanne Berings. 'Puur om te oefenen en mijn kunnen goed te kunnen toelichten. Dat kun jij ook doen. En als iemand dan het gevoel heeft dat jij niet past bij de oplossing die hij of zij zoekt, dan kan dat ook oké zijn. Jij moet ook alleen maar iets willen doen wat bij jou past. Iets wat jij fijn en prettig vindt.'

'De aanhouder wint altijd,' zegt Evelien de Vries. 'Ook al hoor je honderd keer nee. Als je iets echt graag wilt, dan is opgeven geen optie. Er zijn in het begin momenten geweest waarop ik het verkopen van mijn producten echt niet meer zag zitten. Dan zat ik huilend in de auto. Maar ik wilde aan mezelf bewijzen dat ik het kon. Als er nu dingen gebeuren die onmogelijk lijken, dan weet ik dat niets onmogelijk is. Alles kan.'

Anne: 'Ook als er iets misgaat: herpak jezelf en probeer het opnieuw. Alleen op die manier kun je jouw zelfvertrouwen terugwinnen. Naarmate je meer ervaring hebt, wordt dat ook makkelijker. Dan kun je terugvallen op de keren dat het wel goed ging. Maar dat is nu natuurlijk makkelijk praten. Ik heb fases gehad waarin ik het heel vervelend vond als opdrachtgevers me niet begrepen en mijn advies niet opvolgden. Of dat ik er heel erg mee zat als de samenwerking stroef ging. En dat is ook niet gek: het is toch hetgeen wat je doet en waar je veel tijd in stopt. Dan wil je ook dat het lukt. Op een gegeven moment heb ik daarom ook voor mezelf besloten dat ik tegenslagen positief ga benaderen en dat werkt heel goed. Ik zie obstakels nu meer als uitdagingen.'

'Ik geloof dat degenen die succesvol zijn, zeker niet altijd alles goed hebben gedaan,' zegt Nina Pierson. 'Het zijn juist de mensen die keer op keer vertrouwen blijven hebben in hun idee of bedrijf, ondanks de tegenslagen. Natuurlijk is het stressvol als er iets misgaat. Met SLA heb ik dat ook ervaren. We groeiden ineens zo hard dat we een stap terug moesten doen om te zorgen dat alles weer goed geregeld was voordat we verder konden.'

Dat antwoord van mijn ouders was dus nog niet zo gek. Want hoe cliché het ook klinkt, gewoon doorzetten is echt het enige wat je kunt doen als er iets niet lukt. Zelfs als het héél erg tegenzit. Want als je het niet doet, dan gaat het je sowieso niet lukken.

DE KRITISCHE DUIVEL

van wie je geen fouten mag maken

Doorzetten en blijven geloven in jezelf wordt volgens mij een stuk makkelijker als die kritische duivel een keer zijn mond zou houden. Je weet wel: die stem in je hoofd die continu zegt dat je iets beter had moeten doen. Je hebt gefaald omdat je het antwoord op een bepaalde vraag niet wist. Niet bent aangenomen voor die baan. Die stem die boos op je is omdat je die brownie weer eens niet kon laten staan. Die vindt dat je niet hard genoeg werkt, of juist te weinig tijd met je vrienden doorbrengt. Die zich afvraagt waarom je nou nog steeds de top niet hebt bereikt. En *if so*, waarom je dan nog niet nóg een stap hoger zet. Mij zit hij wel eens in de weg. Die altijd aanwezige kritische blik op mezelf. Natuurlijk, hij heeft er ook voor gezorgd dat ik sta waar ik nu sta. Omdat ik hard werk om in de buurt van een tevreden kritische duivel te komen. Maar soms maakt hij het me wel behoorlijk lastig. Herkennen de vrouwen die ik spreek dat ook?

'Volgens mij hebben vooral vrouwen de neiging om te kijken naar wat ze allemaal (nog) niet goed doen,' zegt Jeranne Koekkoek. 'Ik kan ook zo een hele waslijst opnoemen van de punten waarop ik nog beter kan presteren. Maar ik ben me ervan bewust dat ik nog veel moet leren. *I make fuck-ups every day* en iedereen doet dat. Je moet lief zijn voor jezelf. Zolang je leert van je fouten is het absoluut niet erg om ze te maken.'

'Onthoud dat je niet iedere vraag hoeft te kunnen beantwoorden,' vervolgt Jeranne. 'Dat moet natuurlijk wel in balans zijn. Je kunt niet onvoorbereid een meeting in komen, bijvoorbeeld. Je kunt een hoop doen om je eigen zelfverzekerdheid te vergroten, dat zit 'm met name in de voorbereiding. Zorg dat je goed geïnformeerd bent. Maar dan nog kan het voorkomen dat je iets niet weet. En dat is echt niet erg. Ik zou het erg vinden als mensen in mijn team, of ikzelf, iets daardoor een volgende keer niet meer durven.'

Anne van Laarhoven: 'Na mijn studie dacht ik dat ik direct volwassen moest zijn en dat ik alles moest weten. Fouten maken mocht niet meer, dat zou onprofessioneel overkomen. Nu weet ik dat dat écht onzin is. Ik leer nog iedere dag. Je moet het jezelf gunnen om fouten te maken. Als ik iets niet gedaan heb zoals ik dat zou willen, dan kan ik daar echt van balen. Maar na een tijdje besef ik dan ook dat ik op zo'n moment vaak iets aan het doen was wat ik nog niet optimaal kon. Wat betekent dat ik aan het leren en groeien ben. Zo moet je er voor jezelf iedere keer een positieve draai aan geven.'

'Maar het is soms wel vermoeiend dat ik altijd denk dat het beter kan,' vervolgt Anne. 'Dat had ik vroeger al. Ik wilde bijvoorbeeld heel graag stage lopen bij MTV, en toen ik dat eenmaal had gedaan dacht ik: oké, en nu, *what's next*? Toch denk ik dat het ook wel een beetje menselijk is. En het is goed om verder te willen groeien. Maar af en toe even stilstaan en genieten van wat je hebt bereikt in plaats van direct weer door te razen en na te denken over het volgende kan ook geen kwaad. Daar probeer ik bewuster mee om te gaan.'

Ginny Ramkisoen: 'Ik kan mezelf ontzettend opwinden als ik op een dag geen concrete dingen heb gedaan terwijl ik dan wel een goede werkdag heb

Het is oké om niet op iedere vraag een antwoord te hebben

Jeranne Koekkoek

gehad, met bijvoorbeeld veel meetings die nodig zijn voor activiteiten in de toekomst,' zegt ze. 'Ik voel me voldaner na een dag lijstjes afstrepen. Dus wat dat betreft kan ik wel hard zijn voor mezelf.'

'Behandel jezelf zoals je een vriendin zou behandelen,' zegt Nina Pierson. 'Natuurlijk maak je fouten en loop je tegen dingen aan die je niet weet. In die gevallen is het zo belangrijk om aardig tegen jezelf te zijn. Dat geeft je ook vertrouwen om verder te gaan en dicht bij jezelf te blijven. Je weet echt wel wat je moet doen.'

Volgens Marloes Pomp is die kritische duivel naarmate je ouder wordt minder aanwezig. 'Hoewel ik nu veel meer uren per week maak dan toen ik een jaar of vijfentwintig was, voelde het in die tijd veel zwaarder aan. Dat komt met name omdat ik meer stress had, ik was veel kritischer op mezelf. Nu weet ik dat het niet erg is als je een fout maakt of als keuzes achteraf verkeerd blijken te zijn. Af en toe de mist in gaan maakt je een rijker en leuker mens. Ik heb er nu geen enkel probleem mee dat ik veel niet weet. Meer dan alles geven kan ik niet doen. En als er iets mis gaat dan zie ik dat meer als een leerproces. Fouten maken doe ik elke dag wel, dat is voor mij geen reden om me onzeker te voelen. Ik leer daardoor alleen maar sneller.'

In een interview voor *Viva* stelt Neelie Kroes dat je van op je gezicht gaan meer leert dan van successen. Emilie en ik zijn benieuwd of zij vaak fouten heeft gemaakt en hoe ze ermee omgaat als iets niet uitpakt zoals ze had gehoopt. 'Natuurlijk ben ik een aantal keer op mijn gezicht gegaan,' zegt ze. 'Maar ik zeg: nooit opgeven en doorgaan. Zet door als er een keer iets misgaat. Daar leer je van. Denk wel na over waarom iets misgegaan is zodat het je niet een tweede keer gebeurt.'

Hanna Verboom zegt ook dat fouten maken nodig is om weer verder te komen. 'In iets wat fout gaat zit zoveel wat jou weer gaat helpen om te groeien. Als je dat toelaat, dan wordt alles een stuk leuker en word je veel tevredener. In de prestatiemaatschappij waarin we leven gaat het alleen maar om succes. Maar dat is natuurlijk onzin. Denk bijvoorbeeld aan de seizoenen: het is niet altijd zomer.' Maar vindt ze het dan nooit erg om te falen? 'Zeker wel,' zegt ze. 'Op een gegeven moment was het de vraag of we met Cinetree wel door konden gaan. Dat was heel erg spannend. Je weet dat het voor een deel aan jezelf ligt omdat je gewoon nog aan het leren bent. De gedachte dat het eventueel zou stoppen vond ik vreselijk. Ik moest mezelf er echt vaak aan helpen herinneren dat als Cinetree failliet zou gaan, dat niet zoveel over mij zou zeggen. In dat geval ben ik nog steeds Hanna en de mensen die van mij houden, houden dan nog steeds van mij. Misschien zijn er wel mensen teleurgesteld, zoals de gebruikers van ons platform of derden met wie ik samenwerk. Maar dat zou niets afdoen aan wie ik ben. Om dat te voelen en zien was voor mij een enorm belangrijke les. Ik vond falen altijd heel erg. Vooral omdat je identiteit erg vervlochten is met wat je doet. Met acteren was dat echt verschrikkelijk. Als ik een rol niet kreeg, zat ik in zak en as omdat het voelde als een persoonlijke afwijzing.'

Milou Verbeke ging op haar drieëntwintigste als een raket van start met haar eigen magazine *F.A.L.L.*, maar ging ook net zo hard onderuit. 'Ik heb veel te snel veel te veel geld uitgegeven,' vertelt ze. 'Ik huurde direct een eigen kantoorruimte en nam een werknemer aan. Dat was natuurlijk helemaal niet nodig. Maar niemand kon me tegenhouden. Het was alsof iedereen langs de kant met rode vlaggen stond te zwaaien en ik daar als een wervelwind voorbij raasde. Ik trok me er niets van aan.' Wat ging er precies mis? 'In het begin ging het eigenlijk allemaal hartstikke goed. Maar toen het eerste nummer verscheen, viel ik in een groot gat. Hoe moest ik geld verdienen? Ik had wel een businessmodel opgezet, maar dat was *on the way* een beetje in het water gevallen. Ik had geen geld meer. En dan hang je... Het is héél vervelend als je mensen niet kunt betalen. Dat is denk ik het allerergste wat ik tot nu toe op ondernemersvlak heb moeten verwerken.'

'Een paar jaar geleden had ik dit echt niet zo verteld, want ik schaamde me enorm,' vervolgt Milou. 'Maar inmiddels is alles opgelost en denk ik er zonder zwaar gevoel aan terug. Ik kijk in elk geval niet meer terug met het idee dat ik dom bezig was. Ik wilde gewoon heel graag en ben er helemaal voor gegaan. En het is ook he-le-maal geklapt. Het belangrijkste is volgens mij dat je, als er dingen misgaan, ervoor zorgt dat alles wordt opgelost. Ik heb écht heel veel geleerd van dit drama. Als ik nu een factuur krijg, dan betaal ik die bijvoorbeeld de volgende dag. En ik neem geen grote beslissingen meer zonder daar goed over nagedacht te hebben. Als ik niet zo hard op mijn bek was gegaan dan had ik ook niet zoveel geleerd. Het heeft me gebracht waar ik nu ben en ervoor gezorgd dat ik naast *F.A.L.L.* nog een ander bedrijf – Purple Linings – ben gestart.'

Ik bewonder het doorzettingsvermogen van Milou. Hoe hield en houdt zij het vertrouwen in zichzelf als er zoveel tegenzit? 'Dat is heel moeilijk,' zegt ze. 'Ik heb ook echt vaak op het punt gestaan om de handdoek in de ring te gooien. De afgelopen vierenhalf jaar heb ik wel duizend keer geroepen dat ik ermee ging stoppen. Wat mij echt heeft geholpen is opnieuw na te gaan waarom ik *F.A.L.L.* ooit heb bedacht. Wat waren toen de *key features*? Wat wilde ik toen? Op die manier zag ik weer waar ik voor stond en wat een mooi product we maken. Als je te ver afdrijft van wat je in eerste instantie voor ogen had, dan raak je op een gegeven moment ook het vertrouwen in jezelf kwijt. Dat geldt volgens mij niet alleen op zakelijk vlak, maar ook op persoonlijk vlak. We hebben de neiging om mee te gaan met de meute en te kijken naar wat anderen doen. Als je voelt dat je de identiteit van je bedrijf kwijtraakt of het idee hebt dat je van je eigen waarden afdwaalt met wat je aan het doen bent, dan kun je het best even teruggaan naar de oorsprong. Wat wilde je aan het begin? Wat vind jij belangrijk? Als je die koers weer gaat varen, komt het vertrouwen in jezelf gauw terug.'

'Ik heb wel eens gehad dat een bepaalde pr-klus die ik deed totaal niet uitpakte zoals de opdrachtgever had verwacht,' vertelt Ginny. 'Daar heb ik toen echt lang mee gezeten, maar uiteindelijk wist ik wel van mezelf dat ik het maximale had gedaan om te zorgen dat het goed zou verlopen. Dingen kunnen altijd anders gaan dan je van tevoren hebt uitgestippeld. Het belangrijkste is volgens mij om gewoon door te gaan. Natuurlijk vond ik het na die mislukte klus ook spannend om nieuwe opdrachten aan te nemen.

Wat als het weer zou mislukken? Maar als je na een tegenslag stopt, dan zul je er nooit achter komen dat het ook wel weer goed kan komen. Dan kom je er nooit overheen.'

'Je moet kunnen relativeren,' zegt Marcelle Mudde. 'Als er iets niet lukt is er géén man overboord. Jij blijft bestaan en kunt je kwaliteiten weer ergens anders op richten. Er leiden meer wegen naar Rome. En soms geeft iets wat niet doorgaat de ruimte om opnieuw ergens over na te denken. Wees niet te streng voor jezelf.'

JE BENT OBAMA NIET

blijf relativeren

Over relativeren gesproken. Vannacht móét je door want anders haal je die deadline niet. Morgen móét je vijftig mails hebben verstuurd, anders heb je volgende maand misschien geen werk. Alles wat je doet móét een succes worden en iedereen moet blij zijn met wat je doet en wie je bent. Want: stel je voor dat je iets even niet voor elkaar kunt krijgen? Dat je niet aan je eigen of andermans verwachtingen voldoet? Dat ineens níét iedereen je leuk vindt?

'Elke dag komt er wel iets voorbij waarbij ik een soort paniekgevoel ervaar,' zegt Madeleine van Schendel. 'Dat kan worden veroorzaakt door heel verschillende dingen, zoals een ontevreden klant of artiest. Mijn tip daarbij is om dat paniekgevoel te accepteren en je af te vragen wat je er op dat moment mee kunt doen. Dat klinkt makkelijker dan het is, ik heb er lang over gedaan om daarachter te komen.'

'Wanneer ik bijvoorbeeld een boze mail krijg, ga ik even een rondje lopen,' vervolgt Madeleine. 'Dan ga ik bij mezelf na of het "probleem" terecht of onterecht is en of ik er iets mee kan. Terecht? Dan kijk ik of het urgent is. Zo ja, dan kijk ik of ik het direct kan oplossen of dat ik het even kan parkeren om erover na te denken. Ik stel mezelf ook altijd de vraag: is het allemaal wel zo heftig als het lijkt?'

Ik vraag me af hoe je blijft relativeren als je verantwoordelijkheden steeds groter worden. Neem Suzanne Berings, die de carrières van zestig mensen in handen heeft. 'Dat is heftig,' zegt ze. 'Ik bepaal of mensen blijven of gaan en of ze een salarisverhoging krijgen of niet. Dan heb je het echt over de levens van mensen. Ik probeer het te relativeren, mezelf te vertellen dat het maar werk is. Maar dat vind ik wel moeilijk.' Jeranne Koekkoek kent dat gevoel. In haar baan als hr-manager hoort het er ook bij om mensen te laten gaan. 'Dat zal nooit een leuk onderdeel van mijn baan worden,' zegt ze. 'Op zulke momenten blijf ik mezelf continu herinneren aan het feit dat ik in een rol zit. Dat dit mijn baan is en niet wie ik ben. Ik ben een gevoelig mens, dus met dit soort dingen heb ik moeite. Hoewel ik het ook vervelend zou vinden als ik er niets bij zou voelen.'

'Ik zet nu bij dat soort situaties mijn "werkbril" op,' vervolgt Jeranne. 'Als ik dat niet doe, heb ik de neiging om het persoonlijk te maken en verzachtende woorden te gebruiken. Maar soms moet ik duidelijk en dus hard zijn. Dat heb ik moeten leren. Ik was te lief en niet duidelijk genoeg, ik draaide om de boodschap heen. Op die manier wordt het voor beide partijen ongemakkelijk en weet degene die tegenover je zit niet waar hij aan toe is. Kom liever direct met de boodschap, anders wordt het steeds moeilijker om te zeggen.'

'Laatst kwam een van mijn medewerkers met tranen in haar ogen binnen,' vertelt Mariëlle Smit. 'Ze had een hele drukke weekenddienst gedraaid waarin de ene na de andere host zich ziek had gemeld. Op zo'n moment ben ik heel blij om te zien dat ze zo veel hart voor de zaak heeft en zich zo verantwoordelijk voelt, maar uiteindelijk druk ik mijn medewerkers altijd op het hart dat het maar om werk gaat. Daar moet ik mezelf ook aan blijven herinneren.'

Ik houd me niet bezig met wereldproblematiek, dus een deadline missen is geen ramp

Elisah Jacobs

Sanne Groot Koerkamp probeert haar werk vooral te zien als een middel voor persoonlijke ontwikkeling. 'Werk is niet het doel op zich, maar een manier om zelf te groeien,' zegt ze. 'Net zoals je familie, krijg je ook collega's waar je niet zelf voor hebt gekozen. Je wordt met z'n allen in één ruimte gezet en moet het maar met elkaar doen. Dat gegeven vind ik heel interessant. Wat zijn de emoties die ze bij je losmaken? De ene collega vind je irritant, de ander imponerend. De een maakt je makkelijk boos, van een ander word je onzeker. Waarom? Dat vraag ik me altijd af. De antwoorden leren je vaak veel over jezelf.'

'Je bent niet je werk, je relatie, je uiterlijk of je tas,' zegt ook Hanna Verboom. 'Dat moet je ervaren en voelen. Ik weet nog dat toen het even niet goed ging met Cinetree mijn vrienden bleven zeggen dat het oké was. Dat het niet erg was als het zou stoppen omdat het al waanzinnig was dat ik het überhaupt had opgezet. Als het klapt, begin je toch opnieuw? Dat wilde ik toen niet geloven. Nu wel. Zolang het goed gaat met je wortels, zoals je gezondheid en je familie, en je voor jezelf kunt zorgen, is er in principe niets aan de hand. Die takken, je relaties en je werk, groeien wel weer aan.'

Emilie Sobels: 'Ik bedenk altijd: nu vind ik dit heel shit, maar over een week, een maand of jaar kan ik me niet meer voorstellen waarover ik me op dit moment druk maakte,' zegt ze. 'Probeer te beseffen dat je op een bepaald moment iets even heel vervelend vindt, maar dat je daar over een maand waarschijnlijk niet meer mee zit. Dan kun je makkelijker de moed hervatten om weer met een positief gevoel iets nieuws te gaan proberen. Daarnaast stel ik mijn reactie op een vervelende mail of sms altijd wat langer uit, zodat ik niet vanuit emotie reageer maar het even kan laten bezinken. Negen van de tien keer lost iets zich vanzelf op of valt het een dag later eigenlijk best wel mee.'

Elisah Jacobs heeft misschien wel de beste manier gevonden om te kunnen relativeren. 'Eve Tomaszewski gaf me ooit de tip om bij dit soort dingen jezelf af te vragen: ben ik Obama? Nee? Oké, dan is er niets om je zorgen over te maken,' vertelt ze. 'Ik houd me niet bezig met wereldproblematiek, dus als er een keer een deadline niet gehaald wordt, dan is dat écht niet zo erg. Het "Je bent

Obama niet-trucje" helpt me daaraan herinneren. Ik zeg het nu ook heel vaak tegen mijn vriend als hij weer te druk is.'

'Mijn tip is om in oplossingen te denken,' zegt Marloes Pomp. 'Ik heb eigenlijk altijd te veel werk. Dat komt onder andere doordat ik mezelf en mijn dienstverlening steeds opnieuw probeer uit te vinden. Niet langer dan een jaar hetzelfde doen. Je moet met de tijd meegaan, anders zit niemand meer op je werk te wachten. Gelukkig ervaar ik geen stress door het vele werk. Wanneer het me te veel wordt, denk ik even rustig na over de opties. Wie kan een stuk werk van mij overnemen? Wie kan een bepaald onderdeel beter dan ikzelf? Ik kan altijd zelf nog een nachtje doorwerken als het echt nodig is. Dus af komt het toch wel. En de wereld vergaat ook niet als ik een deadline mis. Het helpt ook om met mensen te werken die zelf een beetje relaxed zijn en gevoel voor humor hebben. Dan kom je samen wel door die piekmomenten heen.'

Dus: jezelf uit de naad werken om je dromen te bereiken en zoveel mogelijk goed te doen? Zéker. Maar blijf relativeren. Als er iets niet loopt zoals je had gepland, gaat de wereld niet ten onder. Is een van je klanten niet tevreden? Je project mislukt? Of haal je de deadline niet? Relativeer! Volgende week of volgende maand ben je het waarschijnlijk alweer vergeten. En de mensen om je heen ook. Die zijn echt niet continu bezig met wat jij allemaal goed of fout doet. Je bent tenslotte Obama niet!

DURF OOK OP TE GEVEN

wanneer iets het voor jou echt niet (meer) blijkt te zijn

De aanhouder wint dus. Althans, in de meeste gevallen. Want wat als iets het voor jou écht niet blijkt te zijn? Of niet meer? Wat als je een zootje blijft maken van die financiën? Met lood in je schoenen naar je werk gaat? Het gevoel hebt dat je vastzit?

'Op het moment dat je merkt dat een bepaalde klus of een baan niet meer voor je werkt, dan moet je niet bang zijn om daar afstand van te nemen,' zegt Eve Tomaszewski. 'Als iets niet gaat zoals ik wil, dan zoek ik naar andere oplossingen. Ik stuur mijn plannen bij of ga nog harder werken. Maar als iets dan nog niet werkt, dan geef ik dat ook toe en dan laat ik het los zodat ik op die manier ruimte maak om te groeien.'

Emilie Sobels heeft daar ervaring mee. 'Toen ik mijn baan gedag zei, deed ik dat puur op intuïtie. Natuurlijk had ik er lang over nagedacht, maar uiteindelijk koos ik met mijn hart. Ik zat zes jaar in het bedrijf en had daar lange tijd met ontzettend veel liefde gewerkt, maar op een gegeven moment merkte ik dat dat veranderde. Het enthousiasme was verdwenen. Ik deed het niet meer met heel mijn hart en ging niet meer met plezier naar kantoor. Het was tijd voor verandering en nieuwe, positieve energie.'

Dat gevoel herken ik en volgens mij heeft iedereen wel dat soort periodes in zijn of haar werk. Daarbij moet je soms ook even doorzetten. Maar hoelang? 'Volgens mij is het heel belangrijk om aan te geven dat je ergens niet blij mee bent,' zegt Emilie. 'Ik kon gelukkig goed aangeven dat ik niet happy was en toen zijn we ook op zoek gegaan naar nieuwe taken binnen mijn functie. Dat is natuurlijk makkelijker binnen een onderneming die je zelf bent gestart dan wanneer je in loondienst bent, ik hoefde niet te vrezen voor mijn positie. Maar uiteindelijk is het voor alle partijen beter om je gevoelens uit te spreken. Dat heb ik ongeveer anderhalf jaar geprobeerd, maar mijn gebrek aan enthousiasme bleef. Als iets nog niet werkt, hoeft het naar mijn mening niet erg te zijn om te stoppen. Als je jong bent moet je uitvinden wat je leuk vindt en ook zeker wat niet.'

Sanne Groot Koerkamp heeft al vaker dan één keer haar baan opgezegd. 'Toen ik bij *Nieuwe Revu* werkte, had ik op een gegeven moment het gevoel dat ik verder moest. Ik was binnengekomen als stagiaire en hoewel ik inmiddels was uitgegroeid tot best een goede journalist en veel spannende verhalen mocht schrijven, wist ik dat ik om verder te groeien mijn baan moest opzeggen. Ik had inmiddels de ambitie om hoofdredacteur te worden en bij *Nieuwe Revu* zagen ze me als die jonge journaliste, niet als toekomstig leider van een redactie.'

Was het niet eng om zo'n goede baan op te geven? 'Ja, zeker wel,' zegt Sanne. 'Maar ik had een reis gemaakt en tijdens die reis voelde ik dat ik geen zin had om terug te gaan naar mijn oude baan. Ik wilde vrijheid. Dus toen heb ik mijn baan opgezegd, zonder dat ik wat nieuws had. Ik ben gaan freelancen.' Die vrijheid duurde niet lang, want Sanne werd via via algauw gevraagd om hoofdredacteur te worden van Spunk, een platform voor jonge schrijvers. Dat bleek niet 'haar ding'. 'De redactie bestond uit scholieren die heel goed waren. Heel slim, heel hip en super getalenteerd. Maar ik sprak als ex-fulltime *Nieuwe Revu*-journalist hun taal helemaal niet. Bovendien hadden ze net een hoofdredacteur gehad die megagoed was. Ik had het gevoel dat ik zijn heldenstatus nooit kon evenaren.'

'Ik ging echt kokhalzend naar mijn werk,' vervolgt Sanne. 'Dus na vijf maanden heb ik die baan opgezegd. Als ik dat zelf niet had gedaan, had mijn baas dat wel gedaan, denk ik. Het was gewoon geen match.' Voelde dat als falen? 'Het was wel zuur om te horen dat mijn baas het ook niet goed vond gaan,' zegt ze. 'Maar ik ging gelukkig niet aan mezelf twijfelen. Ik wist wat ik wel kon. Bij *Nieuwe Revu* had ik succes gehad en ik wist dat ik een goede researchjournalist was. Die naam had ik inmiddels gemaakt. Ik werd overal gevraagd.'

Toch vraag ik me af: het was haar droom om hoofdredacteur te worden, maar dat mislukte de eerste keer behoorlijk. Nu heeft ze de Mercur voor Hoofdredacteur van het jaar gewonnen. Hoe behield Sanne het geloof dat het haar ooit wel zou gaan lukken? 'Ik dacht niet: ik kan dit niet, ik ben geen goede hoofdredacteur,' zegt ze. 'Ik dacht: punt één, iemand opvolgen die verschrikkelijk goed is, van wie je niet zeker weet of je diegene ooit kunt evenaren, is extra moeilijk. Althans, het is goed je bewust te zijn van het feit dat jouw positie heel erg afhankelijk is van degene die jij opvolgt. Toen ik zo'n jonge hoofdredacteur was, vond ik het makkelijker ergens te beginnen waar het een puinhoop is, dan waar het niveau heel hoog ligt en je iemand moet opvolgen die op handen wordt gedragen. En punt twee: ik merkte dat ik het heel moeilijk vond om met scholieren te werken. Zij gingen nog naar school. Ik was gewend om 24/7 met een baan bezig te zijn. Ik bleek het best te kunnen werken met gelijkgestemden, mensen met dezelfde instelling. Bedenk voordat je ergens gaat werken of de cultuur bij je past. Dit waren echt Amsterdamse jongeren, die een bepaalde *tone of voice* hadden die ik heel leuk vond om te lezen. Maar ik kwam er wel achter dat ik zelf een best wel serieus iemand ben.' Sanne lacht: 'Ik kan niet grappig schrijven, ik maak sowieso niet heel makkelijk grappen. Misschien ben ik wel een beetje saai.'

Zoek uit of je meer vlieguren moet maken of dat iets je echt niet ligt

Marloes Pomp

'Ik vond het heel eng om uit de rijdende trein van mijn carrière als actrice te stappen,' zegt Hanna Verboom. 'Ik verdiende veel geld en had veel opdrachten. Als ik zo door zou gaan dan kon ik nog meer acteren en zou ik waarschijnlijk rijker en bekender worden. Maar ik voelde gewoon dat ik een andere richting op moest. Dit was niet mijn koers. Mijn rollen zouden waarschijnlijk nog commerciëler worden en ik zou mijn "makerskant" niet verder kunnen ontwikkelen. Ik wilde onderzoeken hoe het was buiten dat "publieke veld". Bovendien moest ik echt ergens aarden. Ik had veel gereisd en in Amerika gewoond. Het was belangrijk voor me om voorlopig even op één plek te blijven. Een huisje in te richten, iedere dag naar een kantoor te gaan en een team op te bouwen.'

Elisah Jacobs herkent de drang om een andere koers te gaan varen. 'Ik had vorig jaar een tijdje het gevoel dat ik stilstond. Ik groeide niet en ik was erg gestrest. Ik had geen tijd voor nieuwe ideeën. Toen heb ik besloten om te stoppen met het freelancewerk dat ik naast Interior Junkie nog deed. Dat was achteraf een supergoede keuze, want daarna kwamen er allemaal leuke klussen voor Interior Junkie op mijn pad. Waarschijnlijk omdat ik toen alle tijd had om me er volledig op te focussen.'

Ook Elisah vraag ik of ze het niet eng vond om haar freelanceklussen op te zeggen. Een aantal vriendinnen van me willen namelijk switchen van baan maar hebben een bepaalde angst voor de reactie van hun huidige managers. Ze zijn bang dat ze daarmee een belangrijke schakel uit hun netwerk verliezen. 'Hoe luidt die quote ook alweer? *Look like a girl, act as a lady and work like a boss.* Die vind ik goed,' antwoordt Elisah. 'Je moet in dit geval vooral aan jezelf denken. Als je ergens weg wilt, heb jij waarschijnlijk ook keihard gewerkt voor dat bedrijf maar is de functie blijkbaar niet leuk genoeg om te blijven. Je moet je vooral niet laten tegenhouden doordat het vervelend zou zijn voor je werkgever.'

'Zoek uit of je ergens niet goed in bent omdat je nog niet genoeg vlieguren hebt gemaakt of omdat het je echt niet ligt,' zegt Marloes Pomp. 'In het tweede geval moet je het loslaten en accepteren dat het niet jouw ding is.'

Kortom: als iets het echt niet (meer) voor jou blijkt te zijn dan is opgeven wél een optie. Een heel goede zelfs. Misschien past die functie waar je keer op keer niet op wordt aangenomen wel helemaal niet bij jou en kun je je beter storten op wat anders. Misschien kom je er na een paar maanden achter dat een bepaalde job niets voor je is. En misschien krijg je na een paar jaar geen energie meer van je werk. Dat is niet erg. Dan mag je het laten gaan. Want soms creëert het loslaten van het één – ook al is dat soms eng – ruimte om te groeien in het ander.

REFLECTEREN

zo houd je koers

Soms zit je niet lekker in je vel, maar kun je er niet de vinger op leggen waar dat vandaan komt. Tijd om er echt over na te denken heb je niet, of neem je niet, want het nut van 'even rust' heb je nog niet ingezien. Dat gevoel gaat vast wel weer over. Je moet door, anders bereik je die doelen nóóit. Toch?

Ik dacht ook altijd dat rust nemen gelijk stond aan een halve dag in je bed blijven liggen. Nietsdoen. En daar was ik allergisch voor. Maar na weer maandenlang alleen maar gewerkt en gestudeerd te hebben, had ik na de jaarwisseling ineens een lege agenda. Dat betekende veel tijd met mezelf en mijn gedachten. En hoewel ik daar vaak juist bang voor was, het alleen-zijn, werd dat op een gegeven moment verslavend. Ik merkte dat ik na een paar uur met iemand te zijn alweer behoefte had om mezelf terug te trekken. De gedachten bleven maar stromen. Nu merkte ik pas wat het echt betekende, rust nemen.

Even terug naar jezelf. Het gaf me de ruimte om na te denken over wie ik was. Wat ik wilde en wat niet. En wat mijn volgende stap zou moeten worden.

Zoals Jeranne Koekkoek al aangaf: 'Neem geregeld de tijd om jezelf af te vragen of je energie krijgt van hetgeen waar je mee bezig bent.' En vrouwen die ik eerder sprak, adviseren om af en toe de tijd te nemen om terug te kijken op je keuzes en daden. Aan de hand daarvan kun je jouw koers bijstellen. Een richting uitproberen is namelijk pas stap één. Nadenken over wat je vindt van wat je hebt gedaan of aan het doen bent en dan ook vooral hoe je je daarbij voelt, helpt je verder. Zit je op de juiste weg of moet je een ander pad inslaan?

Suzanne Berings ging er zelfs een halfjaar voor tussenuit. 'Tot vijf à zes jaar geleden dacht ik altijd: ik zie het wel. Nu ben ik veel meer met de toekomst bezig. Voordat ik aan de slag ging bij Booking.com heb ik een sabbatical genomen. Ik heb in een coachingstraject gezeten, een coachingsopleiding gedaan en gereisd. In die zes maanden ben ik naar mezelf gaan kijken. Wat had ik de afgelopen jaren geleerd? En wat had mijn werk toegevoegd aan mijn studie? Waar was ik nou écht heel erg goed in? Vooral dat laatste vond ik lastig. Wat zijn nu werkelijk mijn persoonlijke kwaliteiten? Ik ben er toen achter gekomen dat ik niet de rest van mijn leven voor een baas wil werken. Op een zeker moment wil ik voor mezelf beginnen als coach en trainer. Wel in de zakenwereld. Voordat ik die stap zet, wil ik op zakelijk vlak nog meer ervaring opdoen en dan vooral op het gebied van leiderschap.'

Hanna Verboom schrijft om te reflecteren veel in haar dagboek. 'Dat weer teruglezen is misschien nog wel belangrijker,' zegt ze. 'Vooral omdat ik het moeilijk vind om koers te houden. Mijn brein werkt heel creatief en associatief. Het is fijn om even terug te lezen hoe ik ergens een tijdje geleden over dacht.'

'Voor mij werkt het heel goed om aan het einde van de week of dag op te schrijven waar ik echt energie van kreeg en waarvan niet,' zegt Jeranne Koekkoek. 'Op die manier kom je er ook steeds beter achter wat jij als persoon leuk vindt. Het kan bijvoorbeeld zijn dat je bij bepaalde meetings wordt betrokken die niet per se nodig zijn en waar je totaal geen energie van krijgt. Door een tijdje zo'n

Ik heb geleerd dat je met spijt niets koopt

Neelie Kroes

lijstje bij te houden, kun je ook beter benoemen waar je wel energie van krijgt en dat helpt je bijvoorbeeld bij het zoeken naar een nieuwe baan of het samen met je werkgever zoeken naar nieuwe activiteiten waardoor jij beter kunt presteren. Vind je het bijvoorbeeld fijn om met mensen bezig te zijn? Of word je enthousiast van Excel-bestanden analyseren? Ik ben erachter gekomen dat ik energie krijg van nieuwe mensen ontmoeten. Een tijdje geleden was ik heel druk, waardoor ik snel moe werd. Toen ben ik goed gaan kijken naar de reden daarvan. Ik bleek veel bezig te zijn met de dingen die mij geen energie gaven. Natuurlijk moet je soms ook iets doen wat minder leuk is, maar plan die dan zo in dat je dag bestaat uit een goede balans tussen leuke en minder leuke dingen.'

Naast de tijd nemen om, in welke vorm dan ook, zelf af en toe je keuzes te reflecteren, geven een aantal vrouwen die ik spreek ook de tip om mensen toe te laten die kritisch mogen meedenken. Emilie Sobels zegt bijvoorbeeld dat ze veel met haar vriend en ouders praat over haar gedachtes, keuzes en daden. 'Dat helpt mij enorm. Ik leerde mijn proefwerken vroeger door aan mijn moeder te vertellen wat ik had gelezen, daardoor onthield ik het en snapte ik het beter. Ik merk ook goed hoe ik me ergens over voel als mijn omgeving ernaar vraagt en ik heel enthousiast of juist negatief antwoord.' Ook Nina Pierson denkt en praat vaak over of ze nog op koers ligt. 'Tijdens mijn huwelijksreis in september 2015 heb ik met mijn man Jop veel gesproken over wat ik nou wil in het leven. Lag ik nog op koers? En kon ik mezelf binnen mijn huidige activiteiten nog ontwikkelen? Toen bleek eigenlijk dat mijn pad bij PUP moest stoppen. PUP had het nodig om een commerciëlere kant op te gaan met een eenduidige visie en ik wilde me eigenlijk alleen nog maar bezighouden met creatie. Door mijn gesprekken met Jop merkte ik dat ik al een tijdje bezig was met iets wat niet meer zo dicht bij me lag. Het was mooi om te zien dat toen ik dat uitsprak, bleek dat mijn compagnon Annemarie dat gevoel ook al een tijdje had. Dus heb ik vrij snel daarna mijn werkzaamheden bij PUP losgelaten.'

Een belangrijke tip dus: af en toe even stilstaan. De tijd nemen om je 'leven te overzien'. Wat vond je leuk en wat niet? En hoe voel je je op dit moment bij wat je aan het doen bent? Lig je nog op koers? Of heb je het gevoel dat je een andere weg in moet slaan? Dat alles vooral met het oog op de toekomst. Want volgens Neelie Kroes heeft het geen zin om gebeurtenissen waar je niet tevreden over bent te veel te overdenken. 'Ik heb geleerd dat je met spijt niets koopt. Je moet leren van de dingen die zijn gebeurd en focussen op de toekomst en de uitdagingen die nu voor je liggen,' zegt ze. Misschien wel een van de belangrijkste lessen uit dit boek.

JE HOEFT HET NIET ALLEMAAL ALLEEN TE DOEN

ook succesvolle vrouwen bereiken niets in hun eentje

Jij vraagt je vast ook af: hoe dóén ze het? Zoals Nina Pierson, eigenaar van twee bedrijven. Of überhaupt het opzetten van één bedrijf. Hoe houd je alle ballen in de lucht? Daar heb je toch zeker wel honderd tentakels voor nodig? En dan ook nog verschillende. Een creatieve, een financiële, een gestructureerde. Het liefst allemaal even goed.

'Je moet mensen om je heen verzamelen die beter zijn in de dingen waar jij zelf niet goed in bent,' zegt Nina Pierson. 'Ik ben bijvoorbeeld niet goed in financiën, daarom deed Annemarie dat altijd voor PUP en doet mijn man de financiële zaken van SLA. En godzijdank heb ik Wayne Parker Kent voor het commerciële aspect van BEDROCK.'

'Ik heb hulp vragen in het begin altijd erg vermeden,' zegt Mariëlle Smit. 'Ik had het gevoel dat ik het allemaal alleen aankon en het alleen moest doen.

Daar ben ik toch wel op teruggekomen. Samen bereik je veel meer! Je kunt je het best focussen op de dingen waar je zelf goed in bent en de dingen waar je minder goed in bent uitbesteden.' Lotte Brunninkhuis, Mariëlles compagnon, legt uit: 'Toevallig zijn wij allebei een tweeling, Mariëlle heeft een tweelingbroer en ik een tweelingzus. Misschien dat dat bijdraagt aan onze succesvolle samenwerking. Voordat we Make My Event startten kenden we elkaar niet goed, dus het feit dat we nu ruim vijf jaar later nog steeds samenwerken vind ik heel bijzonder. Uiteraard zijn er situaties geweest waarin we verschilden van mening, maar gek genoeg zitten we vrijwel altijd op één lijn en weten we elkaar ook te overtuigen van elkaars mening op het moment dat dit een keer niet zo is.'

Anne van Laarhoven realiseert zich ook steeds meer dat je anderen nodig hebt om te kunnen groeien. 'In je eentje kun je toch maar een bepaalde hoeveelheid klussen aannemen, en is het moeilijk om te groeien. Daarom werk ik sinds kort samen met andere freelancers om Annecdote te laten uitgroeien tot een *allround* studio voor copywriting en branding. Het is niet altijd makkelijk om mijn eigen visie los te laten, maar ik besef heel goed dat ik anderen nodig heb en dat ze mijn bedrijf alleen maar sterker maken. Dus dat is iets waar ik dit jaar heel bewust mee bezig ben.'

'Uiteraard verloopt een samenwerking met een compagnon niet altijd vlekkeloos en zijn we elkaar ook wel eens tegengekomen,' zegt Mariëlle. 'Maar *overall* vind ik het te gek om samen met iemand een bedrijf te runnen. Ik vind het heel fijn dat ik de hele dag iemand om me heen heb met wie ik kan sparren en overleggen. Het fijne is dat we dezelfde belangen hebben. We zijn altijd eerlijk en open tegen elkaar en ik denk dat zolang je dat bent, en dingen van elkaar respecteert en accepteert, je heel ver komt samen.'

Marcelle Mudde is het met haar eens. 'Elkaar accepteren en motiveren om vanuit je eigen kracht te werken is belangrijk,' zegt ze. Ik vraag me af of het feit dat haar vriend haar compagnon is dingen niet moeilijker maakt. 'Natuurlijk zien we elkaar vaker dan een gemiddeld stel omdat we iedere dag samenwerken. Maar wij doen ook echt wel ons eigen ding. We geven elkaar de ruimte en zijn hier een vriendenkring aan het opbouwen. We delen ook een hoop passies zoals *hiken* in het weekend, op zoek gaan naar nieuwe *wineries*, surfen en muziek, en dat maakt het natuurlijk ook leuker.'

'Ook als je in dienst bent is het belangrijk om te zorgen dat je de juiste mensen bij jouw projecten betrekt,' zegt Jeranne Koekkoek. 'Vooral in het bedrijfsleven moet je daar tactisch mee omgaan. Als ik bij een bepaalde manager iets voor elkaar wil krijgen en ik betrek diegene te laat in het proces, is het lastiger om iemand mee te krijgen. Wanneer je iemand eerder erbij betrekt, voelt diegene zich onderdeel van waar jij mee bezig bent en zo krijg je iemand veel sneller mee.'

'Net zoals je bij het opstarten van een eigen business hulp moet vragen aan mensen die bepaalde aspecten beter kunnen dan jij, is het als leidinggevende binnen een bedrijf ook belangrijk dat je mensen aanneemt die beter zijn dan jij,' vervolgt ze. 'Jouw missie als leidinggevende is zorgen dat de mensen om jou heen beter worden. Niet dat je zelf als een solist keihard aan het werk bent. Je *team performance* is niet alleen gebaseerd op één persoon. Je moet als leidinggevende durven toegeven dat je niet de beste bent in wat jouw team doet, maar wel als geen ander kunt zorgen dat jouw werknemers doen waar ze goed in zijn.'

'Doordat ik bij *Glamour* de juiste mensen voor me had werken, kon ik me focussen op mijn eigen rol,' zegt Sanne Groot Koerkamp. 'Samen met een businesscoach heb ik van tevoren nagedacht over hoe het team eruitzag toen ik hoofdredacteur werd en hoe ik wilde dat het eruit zou zien. Ik heb toen een hoop mensen aangenomen die heel goed zijn in wat ze doen, veel beter dan ik ooit zou kunnen worden. Dat maakte het werk ook echt fijn, ik stond er niet alleen voor. Ik kon faciliteren, zorgen dat iedereen had wat hij nodig had om zijn werk goed te kunnen doen.'

'Ik geloof heel erg in teams,' zegt Hanna Verboom. 'Je hebt iemand nodig die dingen ziet voordat ze er zijn en denkt: we gaan gewoon! Maar je hebt ook mensen nodig die wel mogelijke beren op de weg zien, die wat rustigere stappen zetten. Die balans moet je hebben. Je komt niet zo heel ver als je het alleen doet. Ik ben zelf bijvoorbeeld iemand die heel grote dromen heeft en veel risico's durft te nemen. Daarom heb ik mensen om me heen nodig die gestructureerd zijn. Ik vond het moeilijk om hulp te vragen. Ik deed altijd alles alleen. Alleen op reis bijvoorbeeld. En als actrice ben je in principe ook op jezelf aangewezen. Je hebt een agent maar bent eigenlijk een soort minibedrijfje in je eentje. Ik was gewend om alles wat ik tegenkwam zelf op te lossen.'

Het antwoord op de vraag 'hoe doen ze dat toch?' is duidelijk: niet alleen. Wil je iets voor elkaar krijgen? Zorg dat je de juiste mensen om je heen hebt. Een idee voor een eigen bedrijf? Vraag hulp! Je hoeft en kúnt niet alles en moet vooral ook niet alles in je eentje willen doen. Ga bij het zoeken naar die extra ogen, handen en ideeën uit van datgene waar je zelf niet goed in bent. Een compagnon die of teamlid dat dingen kan die jij niet kunt, gaat je verder helpen.

'Met Jop had ik natuurlijk al een relatie en we hebben samen SLA bedacht,' zegt Nina. 'Annemarie was in het begin gewoon een kennis van me. Ik wist dat zij wel eens feestjes organiseerde en daar had ik geen ervaring mee. Dus toen heb ik gevraagd of zij mij daarbij wilde helpen. Het was een voordeel dat we elkaar niet goed kenden. Je gedraagt je dan wat netter tegenover elkaar en belandt minder snel in een discussie. Zeker bij het opzetten van een bedrijf is dat wel goed. Ik raad aan om altijd met iemand te werken die anders is dan jij. Je wilt niet twee kapiteins op één schip. Annemarie en ik waren ontzettend verschillend in wat we leuk vonden en wat we deden. Dat ging goed samen. Als ik nu fulltime bij SLA zou werken, zou ik ook totaal andere dingen doen dan wat Jop doet.'

'Ik ben toen in mijn directe omgeving gaan kijken,' vervolgt ze. 'Ik zou het liefst met iemand samenwerken die ik in ieder geval een beetje ken, al is dat enkel van het groeten op straat. Ik had het geluk dat een oud-manager van me en een tourmanager van zijn artiestenmanagement het wel zagen zitten om me te helpen. Het was fijn dat ik al wist wat zij voor elkaar konden krijgen.'

Ik dacht dat ik het alleen moest doen, maar daar ben ik op teruggekomen

Mariëlle Smit

WERK UITBESTEDEN

een eyeopener

In de zomer van 2016 ontmoette ik door de verschillende klussen die ik deed veel nieuwe mensen, waardoor ik weer weet kreeg van nog meer interessante projecten waar ik wel aan bij wilde dragen. Voordat ik aan mijn pre-master begon, stapelde mijn werk voor die periode zich al op. Ik zou naast dat ik zo'n vier dagen per week kwijt zou zijn op de universiteit bij Cinetree blijven meedraaien, samen met Emilie de zoektocht naar een geschikte uitgever voor dit boek voortzetten én ik kreeg de vraag om de social media van Zodiac Jewelry bij te gaan houden. Als je me kent, weet je dat ik wanneer ik ergens enthousiast over ben direct 'ja' roep, en dat was deze keer niet anders. Aan het einde van de zomer zorgde dat echter voor een lichte paniekaanval: hoe ging ik dit in godsnaam allemaal managen? Ik wilde tenslotte wel alles perfect uitvoeren. De optimist in mij riep heel hard dat ik het wel zou zien en dat het goed zou komen. Maar realistisch bekeken wist ook ik dat dit niet haalbaar was.

Ik stond op het punt om het een en ander met grote spijt af te gaan zeggen, tot mijn gesprek met onder andere Eve Tomaszewski, die me tijdens ons interview vertelde dat ze er op een gegeven moment achter kwam dat ze druk was met dingen die ze ook kon uitbesteden. 'Dat was misschien een ministapje, maar het had voor mij grote gevolgen,' zegt ze. 'Als ik door was gegaan met alles zelf doen dan zou ik namelijk niet verder komen. Ik heb nu twee meisjes die twee dagen in de week voor mij werken. Een van hen helpt me bijvoorbeeld met het uitwerken van interviews of het zoeken van prijzen voor shoppings die ik maak. De ander helpt me met The Goaldiggers Club.'

'Zij leren van wat ik doe en dragen zelf ook weer mooie ideeën en meningen aan,' vervolgt Eve. 'Zelf heb ik nu weer tijd om nieuwe dingen te doen en dus te groeien.' Ook Milou Verbeke heeft dat trucje uitgevonden. 'Mijn motto is dat het qua opdrachten nooit te veel kan zijn,' zegt ze. 'Soms heb ik natuurlijk de luxe om een opdracht niet aan te nemen omdat deze me niet zo leuk lijkt, maar als iets past bij Purple Linings of *F.A.L.L.* zeg ik altijd ja. Dan kijk ik achteraf wel hoe ik het ga oplossen en tot nu toe lukt dat altijd. Aan het einde van 2016 hadden we bijvoorbeeld ontzettend veel werk. Ik heb toen freelancers ingehuurd om een deel op te vangen.'

Wauw, daar had ik dus echt nog niet over nagedacht: dat ik eventueel werk zou kunnen uitbesteden. Dat bood mogelijkheden! Maar het bracht me ook direct op de vraag: aan wie? En hoe betaal je dat? Zeker wanneer je net begint heb je toch helemaal geen geld om anderen voor je aan het werk te zetten? Dat bleek mee te vallen.

Ik kwam erachter dat er net als ik een hoop andere mensen zijn die aan het begin van hun carrière werkervaring op willen doen en voor hun cv of portfolio staan te trappelen om klussen voor niets – of een symbolisch bedrag – op te pakken. Zoek binnen je netwerk dus naar studenten of net afgestudeerden, die kunnen als jij al een beetje werkervaring hebt echt wel wat van je leren en taken overnemen. Dan rest alleen nog de vraag: hoe zorg je ervoor dat iemand doet wat jij voor ogen hebt?

Het was misschien een ministapje, maar voor mij had het grote gevolgen

Eve Tomaszewski

'Je moet mensen *ownership* kunnen geven,' zegt Suzanne Berings. 'Alleen dan kunnen ze het naar hun beste vermogen uitvoeren. Je moet op een gegeven moment echt afstand bewaren. Mensen houden er niet van om gecontroleerd te worden. Dat is een van de dingen die ik het meest hoor tijdens sollicitatiegesprekken. "*I don't like to be micro-managed.*"'

'Ik vind het moeilijk om geen volledige controle te hebben,' zegt Elisah Jacobs. 'Ik weet precies wat ik doe, wat mijn tone of voice is en hoe ik wil dat het eruitziet. Iemand anders denkt natuurlijk anders dan ik. Gelukkig lukt het me steeds beter om dat los te laten.' Ik vertel Elisah dat iemand me ooit zei dat je naar jezelf moet kijken als jouw werknemers niet doen wat je wilt. Dan heb je het waarschijnlijk zelf niet goed uitgelegd. Ik vraag me af hoe zij dat ervaart. 'Je moet goed de tijd nemen om iemand in te werken,' zegt ze. 'Laat zien wat je van iemand verwacht. Ik ga vaak een week met een nieuwe stagiaire zitten en kijk dan mee hoe ze het doet. Als je continu vertelt wat je vindt van zijn of haar werk en wat hij of zij beter kan doen, dan heb je na vijf dagen echt wel iemand die weet hoe jij te werk gaat. Daarnaast heb ik het voordeel dat alles wat ik doe online is, ik kan het zo aanpassen.'

'De meiden die voor me werken zijn trouwens allemaal tien jaar jonger,' vervolgt Elisah. 'Zij zijn een stuk sneller dan ik met digitale dingen, dus ze leren mij ook weer van alles. Na een goede inwerkweek laat ik ze lekker hun eigen gang gaan. Ik werd als stagiaire vroeger ook volledig in het diepe gegooid. Daarbij moet ik wel zeggen dat ik tot nu toe veel mazzel heb gehad met mijn stagiaires.'

Wendy Bogers moest voor Ligo voor het eerst in haar leven een heel team aansturen. Dit bleek ze onderschat te hebben. 'Het begon al bij het aannemen van goede mensen die in het team pasten, daar bleek ik in het begin niet zo goed in te zijn,' zegt ze. 'Twee werknemers van me waren na hun proeftijd alweer weg omdat het niet matchte. "*Hire fast, fire faster*" ging wel lekker op voor mij. Je verliest er kostbare tijd mee, maar je leert er veel van. Om hier beter in te worden, heb ik andere ondernemers om advies gevraagd en vele boeken gelezen (waaronder *Hard Things about Hard Things**) met tips en best practices voor CEO's. Ik leer en ontwikkel me nog iedere dag in mijn rol als Chief Executive Officer.'

Kortom: besteed het werk waar je zelf geen tijd voor hebt uit zodat jij zelf verder kunt. Onthoud dat het niet altijd veel geld hoeft te kosten: er zijn genoeg andere jonge ambitieuze vrouwen die je wel willen helpen. En of je nou kleine taken uitbesteedt of binnen een managersfunctie de halve business door je werknemers laat uitvoeren, probeer los te laten. Leg zo goed mogelijk uit wat je van iemand verwacht en geef haar de vrijheid om de opdracht naar haar beste kunnen uit te voeren.

PS. Heb je iets nodig maar kun je het zelf niet of heb je er geen tijd of geld voor? *Barter*. Met die term maakte ik kennis op de marketingafdeling van *Glamour*. Het betekent dat je diensten met elkaar uitwisselt. In de creatieve branche doet iedereen dat aan de lopende band. Heb je beeld nodig maar kost het je minimaal een dag om een mooi plaatje te schieten? Misschien wil iemand dat wel voor je doen, in ruil voor een stuk tekst waar jij je hand niet voor omdraait.

'JE MOET MENSEN KENNEN'

maar hoe doe je dat, een netwerk opbouwen?

Goede contacten hebben maakt het werkende leven een stuk makkelijker. Bepaalde samenwerkingen krijg je sneller voor elkaar wanneer je degene tegenover je al een beetje kent, 'vriendendiensten' kunnen nog wel eens goed van pas komen wanneer je met een klein budget veel voor elkaar moet krijgen. En bij een bedrijf kom je ook sneller binnen wanneer je er een contactpersoon hebt zitten. 'Uiteindelijk heb je mensen nodig die jouw naam noemen, zodat je op een bepaald lijstje komt,' zegt Sanne Groot Koerkamp. 'Bij Textilia ben ik ook binnengekomen doordat iemand mijn naam noemde "om eens mee te gaan praten".' Neelie Kroes zegt ook: 'Je hebt altijd andere mensen nodig om succes te behalen. Het is nuttig om mensen te kennen en te kunnen bereiken wanneer ze nodig zijn.' Maar hoe kom je eraan als je net begint, zo'n netwerk? Hoe bouwden de succesvolle vrouwen die ons voorgingen hun 'sociaal kapitaal' op?

Jeranne Koekkoek heeft veel gehad aan haar stages. 'Zowel met de mensen voor wie ik bij Stage Entertainment werkte als met mijn begeleiders van Amsterdam RAI heb ik nog steeds contact,' zegt ze. Anne van Laarhoven kreeg via haar stage haar eerste klus. 'Daarnaast is het slim om je aan te sluiten bij een groep, in mijn geval ondernemers, die werkzaam is in dezelfde branche,' zegt ze. 'Zo huur ik een werkplek bij Hashtag Workmode waar alleen maar vrouwelijke ondernemers zitten die bijna allemaal in dezelfde branche werkzaam zijn. Dat maakt het heel eenvoudig om samenwerkingen aan te gaan en je netwerk uit te breiden.'

Volgens Hanna Verboom gaat netwerken vanzelf. 'Op het moment dat jij aan het doen bent wat bij jou past dan gaat netwerken vanzelf. Maar ik denk ook wel dat de een meer een netwerker is dan de ander. Daarom geloof ik zo in teams. Ben je zelf niet zo'n netwerker, zorg er dan voor dat je iemand in je team hebt die dat wel is.'

'Ik ben geen netwerker,' zegt Evelien de Vries. 'Als ik contact wil leggen dan bel ik iemand direct of ik zorg ervoor dat ik een introductie krijg. Ik vind overigens dat je niet altijd te veel af moet gaan op je netwerk, uiteindelijk is het ieder voor zich.'

'In de Nederlandse modewereld is contacten opdoen best makkelijk,' vindt Nicole Huisman. 'Er zijn altijd gezellige borrels en Amsterdam is net een dorp. Ik probeer iedereen enthousiast en geïnteresseerd te benaderen en merk dat dat goed voor mij werkt.' Mariëlle Smit is niet zo goed in het netwerken op borrels, zegt ze. 'Het netwerk voor Make My Event hebben we vooral opgebouwd met heel veel mond-tot-mondreclame. Vanaf het eerste moment hebben we ons gericht op kwaliteit en onze klanten delen gelukkig hun goede ervaringen met anderen. Op een informele borrel haal ik gek genoeg de meeste contacten op. Dan hoef je niet zo *obvious* en gedwongen te netwerken. Dat werkt voor mij het beste.'

'Een goede tip is om je netwerk eens op een andere manier te vergroten dan de gebruikelijke,' zegt Nina Pierson. 'Je hebt vaak de neiging om alleen naar de plekken te gaan waar mensen binnen jouw "vakgebied" komen. Maar het is juist ook heel goed en leuk om personen daarbuiten te leren kennen. Zo kom je ook weer op nieuwe ideeën of mogelijke samenwerkingen. Ik ben bijvoorbeeld recentelijk lid geworden van *Young Stedelijk*.'

'Tijdens mijn studententijd zat ik bij een studentenvereniging,' zegt Wendy Bogers. 'Daar heb ik veel contacten opgedaan. De commissies en het bestuursjaar dat ik heb gedaan hielpen ook. Op het moment dat ik mijn eigen bedrijf startte, ben ik een werkplek gaan huren in een *co-working space* waar veel andere ondernemers zaten. Voor Ligo heb ik veel meegedaan aan pitchwedstrijden en andere events voor start-ups waar je veel goede contacten opdoet.' Elisah Jacobs bezoekt regelmatig netwerkborrels. 'Ik vind netwerken heel leuk en maak makkelijk contact,' zegt ze. 'Maar dat was vroeger wel anders. Ik was als kind extreem verlegen, ik durfde nooit wat te zeggen. Mijn klasgenootjes dachten tot aan groep drie dat ik niet kon praten. Maar toen ik op mijn achttiende in een kledingwinkel ging werken veranderde dat. En tijdens mijn studie Journalistiek moest ik wel. Sindsdien houd ik iedereen aan de praat. Mijn tip is om als je begint iedereen aan te schrijven. Ik heb ook vijfendertig magazines een mail gestuurd. En er was er maar één die iets terugschreef. Maar ja, het was er wel één.'

'Doe goed je huiswerk,' vervolgt Elisah. 'Met welke merken wil je samenwerken, of waar wil je werken? Stuur een mail en bel na. Je kunt mensen die jou inspireren ook gewoon een bericht sturen en polsen of ze een paar vragen willen beantwoorden. Misschien krijg je niet elke keer antwoord, maar je kunt het altijd proberen.'

Milou Verbeke is het met haar eens. 'Ik denk dat je best de mensen die jij interessant vindt kunt benaderen om een kop koffie te drinken, per mail of via LinkedIn,' zegt ze. 'Ook als je "net komt kijken". Ik ben ervan overtuigd dat als jij een goed verhaal hebt over dat je het heel interessant vindt wat diegene doet, en jij hem of haar wellicht ook iets kunt bieden, je dan altijd wel met de juiste mensen in contact kunt komen. Iedereen is maar een mens. Nu zou ik dat nooit meer durven (ik was rond de opstart van *F.A.L.L.* echt *fearless*), maar toen het

Ik ben een ster in het opzetten van toevallige ontmoetingen

Suzanne Berings

eerste nummer van *F.A.L.L.* uit was heb ik Matthijs van Nieuwkerk bij de studio van *DWDD* opgewacht. Hij reageerde heel enthousiast toen ik hem aansprak en ik zei dat ik groot fan was en heel graag wilde horen wat hij van mijn magazine vond. We hebben een kop koffie gedronken en ik kreeg een rondleiding van hem door de studio. Na twintig minuten werd hij geroepen dat hij de make-up in moest.'

'Je kunt misschien niet altijd direct in contact komen met de allerhoogste pief bij een of ander bedrijf,' vervolgt Milou, 'maar dan kun je ergens onderaan of *in the middle* beginnen en het zo opbouwen. Toen ik het idee voor *F.A.L.L.* had, heb ik ook gewoon mensen gemaild met de vraag of ze eens koffie met me wilden drinken. Eigenlijk heb ik daar nog nooit een afwijzing op gehad. Wel eens dat mensen het te druk hadden, dat kan natuurlijk. Ik kan zelf ook niet met iedereen gaan koffiedrinken. Dat zou ik heel graag willen, maar dan moet er nog veertig uur bij in de week. Maar je kunt het altijd proberen.'

Interessante mensen benaderen is een begin. Hoe zorgt ze ervoor dat ze iets uit zo'n bezoekje haalt? 'Ik netwerk niet met de uiteindelijke bedoeling dat daar een opdracht of verkoop uit komt,' zegt Milou. 'Ik netwerk om te laten zien wie ik ben en wat voor bedrijven ik heb, maar vooral ook om geïnspireerd te raken door wat iemand anders doet. Een kaartje hebben is trouwens nog altijd heel handig. Dan blijf je bij iemand op het netvlies. Als je een gesprek afsluit kun je deze geven en laten vallen dat jij en je gesprekspartner wellicht nog iets voor elkaar kunnen betekenen. Dat straalt een bepaalde zelfverzekerdheid uit, vind ik. Als ik een kaartje van iemand krijg dan stuur ik vaak een paar dagen later nog even een mailtje om te bedanken voor het leuke gesprek en nog even te benadrukken dat we nu aan elkaar gelinkt zijn en elkaar wie weet nog eens kunnen helpen. Er komt niet altijd iets uit, maar het is wel fijn om zo'n contact te hebben liggen.'

'Je moet wel oprecht in iemand geïnteresseerd zijn,' vindt Ginny Ramkisoen. 'Mensen prikken er gauw genoeg doorheen als je alleen met iemand praat omdat je iets van hem of haar wilt. Dat hoor ik ook vaak om me heen. Over sommige mensen in mijn omgeving wordt gezegd dat als ze ergens binnenkomen je direct kunt zien wie ze willen spreken. Daar stappen ze op af en daarna zijn ze weer weg. Ik doe dat niet op die manier. Ik vind dat nep en onoprecht en ik denk dat je dan ook minder snel iets wordt gegund.'

Maar hoe raak je met iemand in gesprek zonder dat het te geforceerd overkomt? 'Ik zorg altijd dat ik iets met iemand gemeen heb of dat we dezelfde persoon kennen,' zegt Suzanne Berings. 'Ik ben een ster in het opzetten van toevallige ontmoetingen of het leggen van linkjes. Of ik maak een *complimentary introduction*. Dat zijn trucjes die ik geleerd heb van toen ik in een commerciële rol zat, die ik nog steeds wel gebruik. Er zit nu bijvoorbeeld iemand in New York met wie ik een relatie wil opbouwen omdat ik met hem meer ga doen in de toekomst. We kennen elkaar helemaal niet, we zitten niet eens in dezelfde tijdzone. Ik heb aan een paar mensen uit mijn omgeving naar hem gevraagd en ik weet nu wat dingen over hem, ook dingen die we gemeen hebben. Laatst heb ik hem opgebeld. Ik heb verteld wie ik was en dat ik had gehoord dat hij contact heeft gehad met een collega van mij over een onderwerp waar ik ook veel aan heb gewerkt. Op die manier had ik direct een aanknopingspunt voor een gesprek.'

'Het is vooral heel belangrijk om te luisteren en vragen te stellen,' vervolgt Suzanne. 'Mensen willen graag gehoord worden. Iedereen vindt het fijn om naar zijn of haar mening gevraagd te worden.' Madeleine van Schendel is het met haar eens. 'Mensen luisteren per definitie te weinig, denk ik,' zegt ze. 'Je hoeft niet altijd aan het woord te zijn. Let op wat de ander zegt. Wat bedoelt hij of zij daarmee? Je leert zoveel als je naar iemand luistert. Op basis daarvan kun je ook weer je eigen plan trekken. Je moet vragen stellen en de ander aan het woord laten.'

'Mensen houden ervan om over zichzelf te praten,' zegt ook Jeranne Koekkoek. 'Ik heb veel mensen via LinkedIn aangeschreven die mij inspireerden. Als je iemand complimenteert met zijn of haar mooie cv en zegt dat je benieuwd bent wat jij van hem of haar kunt leren, krijg je bijna altijd een positieve reactie.'

Volgens Madeleine moet je vooral niet te geforceerd een netwerk gaan creëren. 'Als je naar een borrel gaat en precies weet wie je wilt spreken en wat je daar uit moet halen, dan bouw je volgens mij enorm veel spanning op, ook voor jezelf. Ik geloof dat een gesprek met de juiste mensen op zo'n avond vanzelf wel komt.'

En dan: als je eenmaal contact hebt gelegd moet je je netwerk natuurlijk wel een beetje 'onderhouden'. Maar hoe doe je dat?

'Ik denk dat social media ons daar goed bij helpen,' zegt Emilie. 'Je blijft via die weg makkelijk op de hoogte van wat mensen bezighoudt. Voeg iemand die je hebt gesproken toe op LinkedIn of als het een wat persoonlijker contact was op bijvoorbeeld Facebook. En reageer dan een keer op een foto van iemand, wanneer dat relevant is. Wanneer je iemand tegenkomt is het ook leuk om te beginnen over bijvoorbeeld die Griekenlandvakantie waarvan je foto's voorbij hebt zien komen. Of complimenteer iemand met haar nieuwe schoenen die ze op Instagram heeft laten zien. Zolang het maar oprecht blijft.'

'Ik ben heel slecht in namen,' vervolgt Emilie. 'Daarom probeer ik bij het voorstellen eerst te luisteren voordat ik mijn eigen naam zeg. En ik probeer in een gesprek iemands naam te zeggen. Dan zeg ik: "Wat leuk dat je dat vertelt, Martje." Of ik vraag: "Martje, wil jij nog wat drinken?" Dat klinkt misschien een beetje gek en het is ook heel on-Nederlands. Eigenlijk een beetje Amerikaans. Maar het maakt een gesprek wel persoonlijk. Mensen houden ervan om hun eigen naam te horen. En voor jezelf is het een soort ezelsbruggetje. Het schijnt zo te zijn dat je een naam onthoudt als je hem drie keer hardop hebt uitgesproken.'

'Ik ben heel selectief in de sociale dingen die ik doe,' zegt Nina. 'Vooral omdat ik nu net moeder ben geworden. Ik ga bijvoorbeeld niet wekelijks met iemand lunchen om het contact goed te houden. Als ik met iemand afspreek dan wil ik de tijd nuttig besteden. Natuurlijk spreek ik eens in de zoveel tijd wel zakelijk af om bij te kletsen, maar ik wil vaak wel een reden hebben. Als mensen mij mailen omdat ze met me af willen spreken, dan vraag ik altijd even hoe ze zo'n afspraak voor zich zien en wat ze eruit willen halen.

Naar aanleiding daarvan maak ik de keuze om met iemand af te spreken, het telefonisch te doen, of niet.'

'Met kleine dingen kun je ook goed je contacten onderhouden,' vervolgt ze. 'Stuur bijvoorbeeld even een persoonlijk berichtje als iemand jarig is of als je weet dat diegene iets leuks of juist minder leuks is overkomen.'

Kort gezegd is het dus (onder andere) voor het opbouwen van een netwerk handig om stages te lopen. Biedt je studie dit niet, dan kun je kijken naar een stage in de zomervakantie, netwerkborrels bezoeken of je aansluiten bij een groep mensen die werkzaam is in jouw branche. Ook een goede tip is het maken van een lijst met personen of bedrijven die je interessant vindt en met wie je graag zou willen werken. Schrijf die vervolgens aan via de mail of LinkedIn. Door het tonen van oprechte interesse in wat iemand doet of heeft gedaan, krijg je meestal wel een positieve reactie. Niet geschoten is altijd mis. En als je iemand spreekt dan is vragen stellen en luisteren *key*. Vind je het spannend om iemand te benaderen, onthoud dan: iedereen vindt het fijn om over zichzelf te praten en gehoord te worden.

GELOOF IN JEZELF, DAN DOEN ANDEREN DAT OOK

over jezelf 'verkopen'

Niet geheel onbelangrijk: jouw *acte de présence* op internet, in een sollicitatiegesprek, tijdens een zakelijke meeting of op een netwerkborrel. Hoe presenteer en 'verkoop' je jezelf aan een potentiële werkgever, collega of klant? Ik vroeg advies aan onder andere Anne van Laarhoven, die als brand consultant met haar scherpe oog voor *personal branding* niet alleen merken maar ook meerdere ondernemers helpt hun online identiteit te optimaliseren. Want dat is tegenwoordig toch meestal het eerste wat iemand van je ziet: de Google-resultaten op jouw naam.

'Wanneer je op zoek bent naar een baan of klanten voor je eigen onderneming is het ontzettend belangrijk om op internet het juiste beeld neer te zetten,' zegt Anne. 'Nadat iemand jouw sollicitatiebrief of voorstel heeft gelezen, checkt hij of zij vaak direct jouw onlineprofielen. Daarnaast kun je, wanneer je een potentieel interessante connectie ontmoet, LinkedIn, Facebook of Instagram gebruiken om in contact te blijven. Wat je op social media laat zien draagt bij aan hoe anderen jou plaatsen. Het leuke is dat je dat zelf dus ook deels kunt sturen.'

Waar moeten we écht op letten? 'Het is naar mijn idee belangrijk om continuïteit te creëren,' antwoordt Anne. 'Een simpel voorbeeld: gebruik op al je social accounts dezelfde profielfoto, dit zorgt voor herkenbaarheid. De keuze voor die foto is afhankelijk van wat je wilt uitstralen. Werk je bijvoorbeeld in de modebranche, dan mag dat er best van af te lezen zijn. Wil je advocate worden, dan wil je misschien een wat zakelijkere look. Vraag je bij alles wat je plaatst af welk beeld je wilt overbrengen.'

'Wat zijn jouw kernwaarden en welke daarvan zijn het belangrijkst? Communiceer die als eerste,' vervolgt Anne. 'Bijvoorbeeld in het tekstje op je LinkedIn-profiel of je bio-tekst op Instagram. Informatie over wat je doet of wilt doen moet ook duidelijk aanwezig zijn. Waar wil je dat mensen jou voor benaderen? Je voorgaande werkervaringen zijn interessant om te delen op LinkedIn, je eigen portfoliowebsite of andere socialmediakanalen, maar de kant die je op wilt moet het meest opvallen. Kijk dus vooral niet te veel naar wat je kunt en hebt gedaan, maar vooral naar wat je *wílt* doen. Probeer dat in een paar woorden te vangen. Het moet in één oogopslag duidelijk zijn wie jij bent en wat je voor iemand kunt betekenen.'

Dat is makkelijker gezegd dan gedaan, wat ik doe of wil doen in een paar woorden omschrijven. 'Het kan helpen om hierover met anderen te praten,' zegt Anne. 'Waar ben jij volgens je vrienden, familie of (oud-)collega's het beste in? En hoe zouden zij omschrijven wat jij doet? Stel jezelf kritische vragen, maar laat anderen dat ook doen. Waarom zou een bedrijf juist jou moeten aannemen voor een functie of freelanceklus?'

'Wees vooral niet te bescheiden, je mag laten zien wat je in huis hebt,' vervolgt ze. 'Soms lijkt het voor jezelf heel veel, dat je overal communiceert wat je doet en kunt, maar het duurt even voordat mensen dat oppikken. Vergeet ook niet om je online identiteit up-to-date te houden. Besteed aandacht aan je kanalen en eventuele website.'

Online de juiste boodschap overbrengen is dus ontzettend belangrijk en je hebt het voor een groot deel zelf in de hand. Jij bepaalt wat je plaatst en kunt de tijd nemen om erover na te denken. In een gesprek is dat natuurlijk anders, dan moet je direct het juiste zeggen. Hoe pak je dat aan?

'Tijdens een sollicitatie moet je vooral jezelf zijn,' zegt Ginny Ramkisoen. 'We hebben vaak de neiging om de dingen te zeggen die onze potentiële werkgever wil horen en zijn in een halfuur tijd keihard bezig om zo leuk mogelijk over te komen. We willen alle vragen perfect kunnen beantwoorden. Maar dat is dus precies níet wat een werkgever wil zien. Hij wil weten hoe je bent, want uiteindelijk is dat ook hoe je op de werkvloer gaat zijn. Hij verwacht niet dat er een soort perfect persoon voor hem gaat zitten. Je hoeft niet overal een "juist" antwoord op te hebben, als je maar kunt uitleggen waarom je een bepaald antwoord geeft. Je moet je zeker voorbereiden, maar je moet niet streven naar perfectie. Niemand is perfect, dat weet degene bij wie je solliciteert ook.' Jeranne Koekkoek beaamt dat authenticiteit veel belangrijker is dan perfectie. 'Je merkt het direct als iemand zich anders voordoet, of perfect probeert te zijn,' zegt ze. 'Je moet als sollicitant ook kunnen uitleggen waar je minder goed in bent. Mensen proberen in een gesprek vaak de focus te leggen op wat ze heel goed kunnen. Ik vind het veel zeggen over iemand als je kunt vertellen waar je minder goed in bent en wat je hebt gedaan om dat te verbeteren. Zonder zelfreflectie kun je niet leren.'

'Denk van tevoren na over wie je bent en wat je wilt vertellen,' vervolgt Jeranne. 'Dan kun je daarnaartoe werken in een gesprek. Als jij graag wilt vertellen dat je een ondernemersgeest hebt en iemand vraagt jou wat je sterke kanten zijn, dan moet je daarover gaan praten. Ook heel belangrijk: stel vragen. Ik vind het zo bijzonder dat er bij ons nog steeds wel eens sollicitanten voorbijkomen die géén vragen hebben. Als je geïnteresseerd bent in een bedrijf dan zijn er zo veel vragen die je kunt stellen. Over hoe het bedrijf werkt bijvoorbeeld, of over de cultuur. Wanneer iemand niet met vragen komt, gaan bij mij de alarmbellen rinkelen.'

Volgens Sanne Groot Koerkamp is het de kunst om zonder arrogant te worden niet terughoudend te zijn over wat je waar kunt maken. Ook Neelie

Als ik niet van mezelf overtuigd ben, hoe kan ik dan verwachten dat iemand anders dat wel is?

Neelie Kroes

Kroes zegt: 'Als ik niet van mezelf overtuigd ben, hoe kan ik dan verwachten dat iemand anders dat wel is?'

Emilie Sobels vindt bluffen geoorloofd. 'Ik blufte mezelf in mijn tijd bij Fashiolista overal naar binnen. Dat is uiteraard iets heel anders dan liegen, maar soms mag je iets best een beetje aandikken, zolang je er zelf in gelooft en het niemand benadeelt,' zegt ze. 'Als je jezelf serieus neemt, doen andere mensen dat ook. Als je gelooft in je eigen kracht en de kracht van jouw onderneming of idee, dan straal je dat ook uit.'

Ik geloof het direct. De overtuiging in wat zij zeggen overtuigt mij dus ook. Maar hoe maak je iemand enthousiast over jouw idee, jezelf of jouw kunnen, terwijl je als jonge vrouw af en toe geen flauw benul hebt hoe alles werkt en wat je aan het doen bent?

'Iemand zei ooit tegen mij: "Jeranne, *no one has a clue*",' zegt Jeranne Koekkoek. 'Iedereen is onzeker. Natuurlijk, je hebt vast een paar mensen die écht niet onzeker zeggen te zijn, maar ik weet niet of dat echt waar is. Het helpt om dat tegen jezelf te zeggen.'

Sanne: 'Ik ben erachter gekomen dat niemand de waarheid in pacht heeft. Wij vrouwen zijn snel geneigd te denken dat we een bepaalde baan niet aankunnen, iets niet zullen snappen, of dat we niet goed genoeg zijn. Maar er is – als je hogerop komt binnen een bedrijf – niet een deur waar je doorheen moet waarachter een gigawereld schuilgaat met kennis en ervaring. Althans, dat is mijn ervaring.'

'Het zou natuurlijk ook kunnen dat die er wel is en dat ik die gewoon nog niet heb gevonden,' voegt Sanne er lachend aan toe. 'Volgens mij betekent groeien in je werk: goed naar je intuïtie luisteren en logisch nadenken. Dan kun je heel veel bereiken. Bij beroepen waar je het ver kunt schoppen met logisch nadenken, inzet en inzicht denk ik: als iemand anders het kan, kan ik het ook.'

Maar wat als je tegenover een manager of ondernemer met tien jaar meer ervaring staat die (jou het idee geeft dat hij of zij) veel meer weet dan jij die net komt kijken? 'Zorg ervoor dat je jouw mening goed kunt onderbouwen,' zegt

Evelien de Vries. 'Ik heb een duidelijk beeld van wat ik wil, maar ik heb graag dat mijn mensen het zeggen wanneer ze het ergens niet mee eens zijn. Als ze goed kunnen onderbouwen waarom niet, kan ik ook prima mijn eigen standpunt loslaten.'

Kortom: besteed aandacht aan je online identiteit door na te denken over het beeld dat je wilt overbrengen en wat je wilt uitstralen. Dat doe je niet alleen met de juiste profielfoto, maar ook met het verwoorden van jouw kernwaarden en wat je doet of wilt doen. Zo weten mensen waarvoor ze jou kunnen benaderen. In sollicitatiegesprekken is het belangrijk om vragen te stellen, overtuigd van jezelf te zijn zonder arrogant te worden en is authenticiteit veel waardevoller dan perfectie. Oftewel: wees vooral de beste versie van jezelf. O, en: daarbij is een beetje bluffen geoorloofd.

VOORBEREIDING IS ALLES

cliché maar waar

Toen ik bij *Glamour* werkte leerde ik van de toenmalige brandmanager en inmiddels hoofdredacteur, Anke de Jong, dat je nóóit ergens met lege handen aan moet komen. Anke neemt altijd een tasje vol *Glamour*-goodies mee naar een afspraak of laat bij grote deals zelfs speciale taarten of macarons maken. Haar tip vergeet ik nooit meer. Het maakt echt verschil. En nu hoef je niet altijd iets tastbaars mee te nemen, het gaat erom dat je íéts meebrengt. Al is het een compliment over iemands website of diens laatste vakantiefoto die je hebt kunnen vinden op internet. Je laat daarmee zien dat je aandacht hebt besteed aan de persoon tegenover je en dat maakt dat het gesprek een stuk makkelijker verloopt.

'Of het nou om een sollicitatiegesprek gaat, of een afspraak waar je een mogelijke deal of klus uit gaat halen: je moet nooit alleen maar iets komen halen,' zegt Sanne Groot Koerkamp. 'Bedenk wat je komt bréngen.

Bedenk goed wie je tegenover je hebt zitten

Emilie Sobels

En: zorg ervoor dat je van tevoren goed weet waar je naartoe gaat en met wie je gaat praten.'

Milou Verbeke vindt het voorbereiden van een gesprek ook erg belangrijk, maar is daar niet zo goed in, zegt ze. 'Daar ben ik te chaotisch voor. Soms bedenk ik onderweg dat ik helemaal niet weet hoe degene die ik ga ontmoeten eruitziet. Dan check ik snel zijn of haar Facebook- of LinkedIn-profiel. Het ligt er natuurlijk aan hoe belangrijk een afspraak is. Als ik een gesprek heb met een potentiële klant voor Purple Linings zoek ik van tevoren zoveel mogelijk informatie over zijn of haar bedrijf en denk ik na over wat een klant me kan vragen en wat ik dan terugzeg. Echt een gesprek voorbereiden op wat ik precies ga zeggen doe ik niet. Dat loopt toch altijd anders.'

'Verkopen gaat voor tachtig procent om informatie inwinnen,' zei mijn ex-vriendje, een makelaar, ook altijd. Je moet zoveel mogelijk weten van degene die je tegenover je hebt, zodat je daarop kunt inhaken.

'Denk goed na over wie je tegenover je hebt,' beaamt Emilie Sobels. 'Wat doet diegene? Wat zou diegene willen horen? Wat is voor hem of haar belangrijk om te weten? Wat maakt jou daarbij interessant? Leg in het gesprek dan de nadruk op die bepaalde kant van jezelf. In de tijd van Fashiolista dacht ik voordat ik naar een event ging altijd na over hoe ik mezelf zou gaan presenteren. Als Emilie, de student die naast haar studie aan het opbouwen van een bedrijf werkt? Of Emilie, Fashiolista's *Fashion Director*? Jij kunt vast ook een aantal verschillende persoonlijkheden aannemen. Denk na over welke versie van jou interessant is voor de persoon tegenover je.'

'En nog belangrijker: wat jij voor die persoon kan betekenen,' vervolgt Emilie. 'Anders is het niet helemaal fair, het moet eerlijk oversteken zijn. Toen ik net mijn eerste eigen businesskaartje had, wilde ik dat aan Karin Swerink (hoofdredacteur *Vogue*) geven. Ik stapte op haar af en zei iets als: "Hoi Karin, ik ben Emilie en ik wil me graag aan je voorstellen. Hier is mijn kaartje." Dat was het. Ze keek me wat merkwaardig aan.'

Volgens Nina Pierson moet je basiskennis hebben van wie je voor je hebt, maar je hoeft je niet helemaal in te lezen. 'Idealiter bereid ik me goed voor op afspraken zodat ik veel weet over degene die ik tegenover me heb, maar in de praktijk heb je daar soms niet de tijd voor,' zegt ze. 'Bovendien is het stellen van vragen nooit erg. Mensen vinden het altijd fijn om iets over zichzelf te vertellen. Ik refereer vaak aan iets wat ik over diegene heb gelezen. Dan zeg ik dat ik een beetje weet waar hij of zij mee bezig is, maar dat ik het ook leuk vind om het nog even van hem of haar zelf te horen. Ik heb altijd een nieuwsgierige houding in afspraken.'

Ik ben benieuwd: hoe zit dat met kledingkeuze? Pas je die ook aan aan wie je tegenover je hebt? 'Ik denk altijd even na over naar wat voor bedrijf ik ga,' zegt Sanne. 'Als het een bedrijf is waar veel mannen werken, doe ik minder snel een sexy outfit aan, dan ga ik voor iets zakelijks.'

Wendy Bogers draagt haar mooie horloge en sieraden – die ze in de tijd dat ze nog advocate was kon kopen – niet veel meer sinds ze een start-up heeft. Ook niet wanneer ze gesprekken heeft met investeerders of corporates voor samenwerkingen. 'Meestal draag ik een spijkerbroek en mijn Adidasjes,' zegt ze. 'Partijen die ik spreek weten dat je als founder vaak op een houtje bijt. Als ik zelf als investeerder iemand tegenover me zou hebben met allemaal mooie sieraden om, dan zou ik wel even dubbel checken wat hij of zij uitkeert aan managementvergoeding. Als advocaat moest ik er altijd stijlvol en netjes uitzien: kokerrokken en hakken van minimaal tien centimeter. Maar bij *co-working spaces* waar veel start-ups huizen, zie je niemand zo rondhobbelen. Als ik presentaties geef of pitchwedstrijden heb, trek ik wel weer die hakken aan.'

Voor Nicole Huisman ligt het iets genuanceerder, ze heeft eigenlijk geen speciale outfits voor speciale gelegenheden. 'Uiteraard moet je verzorgd voor de dag komen op bijvoorbeeld een sollicitatiegesprek of tijdens een belangrijke meeting, maar ik geloof vooral in altijd-goed-items in je kast,' zegt ze. 'Stukken die jou een zelfverzekerd gevoel geven, outfits die je nooit in de steek laten. Voor mij is dat op dit moment bijvoorbeeld een wijde pantalon met een bijpassende top in een funky print. Zit lekker, knalt lekker, breekt meestal het ijs en straalt voor mijn gevoel zelfvertrouwen uit. Maar als dat voor iemand anders een zwarte blazer met een goede jeans is, is dat ook prima. *Just be your best self and stay in your magic.*'

Madeleine van Schendel: 'Ga niet onnodig stressen omdat je niet weet wat je aan moet. Creëer je eigen style. Dat scheelt mij in ieder geval superveel stress en tijd. Ik koop altijd stukken die mij goed passen, waar ik lang mee kan doen en die ik goed kan combineren. Die vul ik dan weer aan met minder tijdloze, goedkopere items. Daardoor ben ik heel stijlvast, zie ik er verzorgd uit en draag ik kleding waar ik me lekker en zelfverzekerd in voel.'

'Ik heb het kleding aanpassen op afspraken opgegeven,' zegt Marloes Pomp. 'Ik kan op één dag namelijk een afspraak met programmeurs hebben, daarna met een topambtenaar en daarna bij een tijdschrift als *Vogue*. Ik kan me niet voor al die situaties op één dag kleden, dus ik draag waar ik zin in heb. Alleen op heel bijzondere gelegenheden pas ik mijn kleding aan.'

'Hoe je jezelf presenteert heeft ook te maken met hoe informeel of formeel je met iemand spreekt,' zegt Emilie. 'Als ik met een potentiële huurder praat, praat ik bijvoorbeeld heel anders dan met een potentiële investeerder. Ben je jezelf, maar op een afstandelijke manier omdat je met iemand praat die wat ouder is en al veel meer bereikt heeft in het vak? Of is degene tegenover je van je eigen leeftijd en kun je je met haar identificeren en misschien ook over andere dingen dan werk praten? Het maakt allemaal uit.'

Kortom: voorbereiding is alles. Weten wie je tegenover je hebt geeft je zelfvertrouwen en maakt een gesprek een stuk makkelijker. Het bezorgt een ander bovendien een goed gevoel als je laat zien dat je tijd aan hem of haar hebt besteed en oprecht geïnteresseerd bent. Stel vooral veel vragen en pas wat je van jezelf laat zien aan aan je gesprekspartner. Denk daarbij ook na over je kledingkeuze, maar creëer vooral je eigen stijl. Dat voorkomt een hoop stress in de ochtend.

DE KRACHT VAN KWETSBAARHEID

toegeven dat je iets niet weet of kunt

Het zou best eens kunnen dat de gedeelde wil om voor eens en voor altijd af te rekenen met het beeld van 'succesvol zijn staat gelijk aan je gedragen als een arrogante carrièrebitch' mij en Emilie bij elkaar heeft gebracht. We begonnen dit project namelijk met het uitgangspunt dat je meer bereikt door aardig voor elkaar te zijn, elkaar te helpen en te stimuleren. En daar mag het tonen van je eigen 'zwaktes' naar ons idee niet bij ontbreken.

In november 2016 organiseerde Milou Verbeke weer haar 'Commversation': een lezing voor vrouwen over basale levenskwesties zoals werk, vriendschap en psyche. Dit keer met het onderwerp 'De kracht van kwetsbaarheid', naar de boeken *De moed van imperfectie** en *De kracht van kwetsbaarheid** van de Amerikaanse onderzoekster Brené Brown (mateloos interessant, check vooral haar TED Talk over kwetsbaarheid).

We waren met een klein clubje. Een aantal meiden kende ik al van Hashtag Workmode, anderen had ik nog nooit gezien. Stuk voor stuk knappe vrouwen die vast allemaal ook een interessante baan hadden. Het was bijzonder om te merken hoe open we aan elkaar konden vertellen waar we bang voor waren. Hoe we zo ineens heel veel van elkaar wisten zonder dat we elkaar al een tijd kenden. Ik besefte dat ik dit soort dingen eigenlijk nog nooit had uitgesproken. Vaak houd ik toch liever de stoere Martje voor. En ik gok dat jij daar ook een handje van hebt. Want je kwetsbaarheden tonen, dat brengt toch niemand ver? Het tegendeel is waar. Ik ontdekte dat het delen van onzekerheden, het 'kwetsbaar' opstellen, soms ook een bepaalde charme met zich meebrengt. Het geeft je gesprekspartner, of dat nou je collega, opdrachtgever, moeder of vriendin is, de mogelijkheid om jouw daden vanuit jouw perspectief te zien en echt iets voor je te betekenen.

Nu zeg ik niet dat je vanaf dit moment al je vuile was buiten moet hangen voor iedereen die het maar horen wil, of alles wat je niet weet of kunt direct op tafel moet leggen (bluffen mag in sommige gevallen ook). Maar vaak is het absoluut niet erg en juist heel erg sterk om het toe te geven als je iets eng vindt of niet weet hoe je het moet aanpakken. Jeranne Koekkoek beaamt dat idee: '*Leave your ego at the door*,' zegt ze. 'Sta op en zeg dat je dingen wilt leren. Dan zijn mensen veel meer bereid om je te helpen. Met heel tof doen bereik je niet zoveel.'

Emilie Sobels: 'Het bijzondere van Hashtag Workmode is dat er geen concurrentiestrijd is. Er hangt een sfeer die het best omschreven kan worden als "*better together*"; samen kun je tenslotte meer bereiken dan in je eentje. Ik denk dat het ontbreken van die concurrentiestrijd te maken heeft met het feit dat we allemaal onze eigen weg volgen en niet bij een gezamenlijke manager een wit voetje hoeven te halen. Bovendien zit het ook in het DNA van Hashtag Workmode: wil je bij ons een werkplek huren, dan moet je bereid zijn om je open te stellen voor de andere huurders. We creëren zo een open, intieme sfeer, waar iedereen zijn kwetsbaarheden mag en durft te tonen. En dat betekent soms ook dat er iemand in huilen uitbarst als het even allemaal te veel wordt. *C'est ça*.'

‘Ik vind het heel mooi als iemand ook kan zeggen wat zijn of haar zwakke punten zijn,’ zegt Jeranne. ‘Als je open bent *connect* je veel sneller. Ik heb vaak moeite met mensen die alleen maar denken dat ze heel goed zijn. Zelfreflectie is ook een vorm van zelfverzekerdheid. Of ik elke dag vertel dat ik onzeker ben? Absoluut niet. En ik ben ook niet altijd onzeker. Je moet een balans vinden in wat je vertelt en wat niet.’

Neelie Kroes geeft aan dat het van de situatie afhangt hoe kwetsbaar je je opstelt. ‘Transparant zijn is echter nooit fout,’ zegt ze. ‘Je moet jezelf ook niet gekunsteld opstellen in processen. Doe zoals je denkt dat het beste is. Dat zal soms betekenen dat je je kwetsbaarheden laat zien en soms niet. Maar wees helder in je communicatie.’

‘Het is prima om niet alles te weten en dat mag je ook laten zien,’ zegt Evelien de Vries. ‘Je kunt het maar beter aangeven, anders leer je ook niets. Wanneer je continu zegt dat je weet waar je het over hebt, komt er een moment dat iemand je naar uitleg vraagt en jij met je bek vol tanden staat.’

‘Ik verwacht van mijn werknemers ook niet dat ze alles weten,’ vervolgt Evelien. ‘Het gaat meer om je houding. Weet je iets niet? Ga erachteraan. Google het of vraag het iemand anders. Assertief zijn is veel belangrijker dan alles weten.’

Eve Tomaszewski zegt het fijn te vinden als vrouwen hun onzekerheden durven toe te geven. ‘Als een vrouw naar wie ik opkijk durft te zeggen dat het niet altijd goed gaat en dat ze ook onzeker is als ze een presentatie moet geven of soms ook niet weet wat ze aan het doen is, vind ik dat zo inspirerend,’ zegt ze. ‘Het is fijn om te horen dat andere vrouwen ook wel eens onzeker zijn, maar ondanks dat veel bereiken. Dat geeft extra vertrouwen dat ik het ook kan.’

Met heel tof doen bereik je niet zoveel

Jeranne Koekkoek

WEES KRITISCH OP KRITIEK

hoe ga je om met negatieve woorden van anderen?

Horen we dat een vriendin van een vriendin iets te zeggen had over onze kledingstijl, dan kijken we haar niet meer aan. Is onze baas of opdrachtgever niet tevreden, dan kunnen we die avond niet slapen, en vindt ons vriendje ons 'onredelijk', dan bellen we niet meer terug. We willen alles perfect doen en perfect zijn, dus wanneer iemand commentaar op ons doen en laten heeft, komt dat hard aan. Maar hoe moet dat dan ook, kritiek incasseren?

'Ik blijf het lastig vinden,' zegt Ginny Ramkisoen. 'Ik wil het altijd goed doen en ik vind kritiek krijgen niet leuk. Zeker als je een eigen onderneming start, die ook nog eens jouw naam draagt, komt kritiek hard aan. Het voelt echt als je kind. Maar ik kan er steeds beter mee omgaan. Als een klant nu bijvoorbeeld iets niet goed vindt aan de website, dan zit ik niet meer in zak en as omdat ik het juist zo goed probeerde te doen. Ik bekijk wat ik met de feedback kan. Wat vindt de klant niet goed en waarom? Daar ga ik dan met mijn team over brainstormen. En komen we tot de conclusie dat de klant gelijk heeft, dan gaan we er wat mee doen. Het kan ook heel goed zijn dat we het er niet mee eens zijn en onze eigen goede redenen hebben waarom we iets doen. En dat is ook prima, je kunt niet altijd iedereen te vriend houden.'

'Ik probeer kritisch te kijken naar kritiek,' zegt Marcelle Mudde. 'Waarom zegt iemand dat en vind ik dat zelf ook? Zo ja, dan leer ik ervan en doe ik het de volgende keer anders. Zo niet, dan probeer ik me er niet door te laten beïnvloeden.' Wanneer Nina Pierson kritiek krijgt, gaat ze eerst na waarom iemand iets zegt. 'Op SLA krijgen we negen van de tien keer kritiek die we niet gegrond vinden. Negatieve woorden kunnen ook voortkomen uit jaloezie. Maar wanneer iemand me wijst op iets wat ook echt beter kan, dan vind ik dat alleen maar fijn. Dat helpt je om te groeien.'

'Het wordt steeds makkelijker om met kritiek om te gaan,' zegt Madeleine van Schendel. 'Je gaat het steeds minder persoonlijk opvatten. Als je zelf je beslissingen neemt en kunt nemen omdat het jouw eigen bedrijf is, heb je geen filter meer om je heen, die van je werkgever bijvoorbeeld. Dus alle kritiek komt meteen bij jou binnen. Die filter creëer je wel weer door jezelf af te vragen waar de kritiek vandaan komt en wat je ervan kunt leren.'

'Maar als je kritiek krijgt, betekent dat vaak dat iemand de moeite heeft genomen om zich te verdiepen in wat jij hebt gemaakt of gedaan,' vervolgt Madeleine. 'Als je dat inziet, dan kun je zien waar de kritiek vandaan komt. Dat kan ook uit jaloezie of een andere negatieve emotie voortkomen. Maar als je ziet wat het belang van een ander is, waarom diegene zegt wat hij of zij zegt, dan kun je er veel gemakkelijker mee dealen.'

'Het hangt er voor mij van af van wie de kritiek komt,' zegt Marloes Pomp. 'Van mijn beste vrienden ontvang ik graag kritiek. Van de meeste mensen met wie ik werk niet. Meestal doen ze zelf weinig en zeuren ze wel over anderen. Daar kan ik heel slecht tegen. Binnen mijn teams zie ik opbouwende feedback niet als kritiek. We proberen dingen gewoon beter te maken.

Daar hoort bij dat je inhoudelijk discussie met elkaar voert en dat je het regelmatig oneens bent.'

Anne van Laarhoven zegt ook: 'Kritiek van klanten vind ik altijd erg prettig. Ik ben absoluut voor een open en directe vorm van communicatie, want andersom wil ik ook kritisch kunnen zijn naar mijn klanten om ze zo goed mogelijk te adviseren en vooruit te helpen. Maar het moet natuurlijk wel opbouwende kritiek zijn waar je iets aan hebt.'

Neelie Kroes leerde dat er twee soorten kritiek zijn. 'Kritiek waar een kern van waarheid in zit en waar je iets mee kunt doen, en kritiek die nergens op slaat, daar moet je je niets van aantrekken. Ik heb inmiddels een olifantenhuid wat dat betreft.'

Je niets aantrekken van wat anderen over je zeggen is soms makkelijker gezegd dan gedaan, dat weet ik ook. En hoewel Eve Tomaszewski me zegt dat iedereen toch wel een mening over je heeft en je daar niet veel aan kunt doen, is dat niet altijd even fijn. Zeker als er negatieve uitspraken over je gedaan worden zonder dat je jezelf daartegen kunt verweren.

Jeranne Koekkoek en Suzanne Berings weten beiden: hoge bomen vangen veel wind. En die kritiek ontvang je niet altijd rechtstreeks. 'Hoe hoger je komt, hoe meer mensen een mening over je hebben,' zegt Jeranne. 'En dat is best eng.' Het brengt Suzanne nog wel eens aan het wankelen. 'Ik ben best vaak onzeker en dat heeft voornamelijk te maken met het feit dat ik zo veel mensen aanstuur. Hoe meer mensen je aanstuurt, hoe meer mensen iets over je te zeggen hebben. En dat komt niet altijd op een leuke manier bij je terug.'

'Als mensen kritiek op me hebben, dan hoop ik dat ze dat in een een-op-eengesprek met me delen,' vervolgt Suzanne. 'Maar dat gebeurt niet altijd. Ik weet nu dat als er dingen over me gezegd worden, er vaak meer aan de hand is. Dan heerst er onrust. Wanneer mensen in een team met elkaar roddelen, dan kan dat komen doordat er onzekerheid heerst. Ze zijn bijvoorbeeld bang om hun baan te verliezen, of bang dat hun baan inhoudelijk gaat veranderen, waardoor ze deze niet meer uit kunnen voeren. De dingen die mensen roepen,

Als ik kritiek krijg, denk ik: kom jij het maar eens even doen dan

Milou Verbeke

hebben dan dus niet per se écht met mij te maken, maar met hun zekerheid die in het gedrang is.'

'Toen ik in loondienst werkte, hoorde ik dat een bepaalde manager iets over me had gezegd waarvan ik dacht: dat heb ik helemaal niet gedaan, dit klopt niet,' vertelt Elisah Jacobs. 'Ik voelde me daar enorm machteloos over. In het begin zei ik dan niets en kropte ik dat op. Maar dat werkte niet. Ik ben uiteindelijk verhaal gaan halen bij mijn manager. Durf die confrontatie aan te gaan. Praat erover als iemand kritiek op je heeft. Ga niet met een bak ijs op de bank zitten denken dat de wereld oneerlijk is.'

'Daarbij heb ik ook geleerd dat iemand niet direct zijn of haar excuses zal aanbieden,' vervolgt Elisah. 'Het gaat er meer om dat je je verhaal doet. Wat die ander daarmee doet moet hij of zij zelf weten. Ik merkte echt dat ik het fijn vond dat het eruit was. Toen ik de confrontatie met mijn manager aanging, nam ik trouwens mijn notitieboekje met daarin de punten die ik wilde bespreken gewoon mee. Het is naar mijn idee helemaal niet erg om te laten zien dat je je hebt voorbereid op zo'n gesprek.'

'Soms zegt de kritiek die je krijgt ook iets over de ander of het bedrijf waar je werkt,' zegt Suzanne Berings. 'Voordat ik bij Booking.com werkte, kreeg ik vaak opmerkingen over mijn kledingstijl, dat die te informeel zou zijn. Ik ben een "spijkerbroek met gympen"-meisje en ik ben ervan overtuigd dat ik het beste met iemand een gesprek aan kan gaan als ik me op mijn gemak voel, en de andere persoon ook. Dus ook als dat betekent dat ik een spijkerbroek met gympen en misschien een jasje draag. Maar ik kreeg daar dus heel vaak opmerkingen over. In zo'n situatie is het naar mijn idee belangrijk om dicht bij jezelf te blijven. Dat ik die opmerkingen kreeg zei eigenlijk meer over het bedrijf waar ik werkte en dat dat niet bij mij paste. Kritiek kan vanuit iemands optiek terecht zijn, maar dat hoeft niet te betekenen dat het dragen van een formele outfit bij mij past. Dat is oké, maar dan is dat dus niet mijn plek.'

'Als er iets is wat ik tegen mijn 23-jarige zelf zou willen zeggen is dat wel: trek je minder aan van wat andere mensen van je vinden,' zegt Jeranne Koekkoek.

'Ik benijd mensen die het totaal niet boeit wat anderen denken. Aan de andere kant heb ik ook het idee dat die mensen minder sensitief zijn, dat lijkt me wel eenzaam. Maar over het algemeen had ik me wel wat minder druk mogen maken om de mening van anderen.'

Ja. Dat lijkt mij ook zalig. En ik merk zelf ook dat het een stuk rustiger is nu ik me daar minder door laat beïnvloeden. Maar hoe doe je dat, ergens schijt aan hebben? 'Ik denk altijd: kritiek geven is het allermakkelijkste wat je kunt doen,' zegt Milou Verbeke. 'Dat kan iedereen vanuit zijn luie stoel. Maar goed kijken naar wat er in een bedrijf omgaat en hoe moeilijk dingen zijn, dat is wat anders. Dus als ik nu kritiek krijg, denk ik: kom jij het maar eens even doen dan.'

Nog moeilijker dan kritiek ontvangen is kritiek geven, althans, dat vind ik. Natuurlijk: een bepaald kunstwerk afkraken of je mening over een zekere hoogblonde politicus uiten is *easy as* je-weet-wel. Maar iemand recht in het gezicht zeggen wat je van zijn gedrag of gedane werk vindt is een ander verhaal. Laat staan wanneer je iemand moet ontslaan, lijkt me. Ik weet niet hoe het met jou zit, maar ik houd in principe liever iedereen te vriend. De vraag is dus: hoe breng je een negatieve boodschap over zonder het gevoel te hebben dat je daarmee je relatie met iemand aantast?

'Mijn werk bestaat voor een groot deel uit feedback geven,' zegt Madeleine van Schendel. 'Als ik mijn collega's mag geloven is mijn kritiek heel stevig, maar ik streef het hoogst haalbare na. Het probleem is volgens mij – en dat geldt met name voor jonge vrouwen – dat wanneer je feedback krijgt en daarbij één procent van het verhaal negatief is, dat is wat je onthoudt. Daar moet je mee leren omgaan.'

'Ik denk dat het belangrijk is om doorlopende feedbackmomenten met je werknemers te hebben,' zegt Suzanne Berings. 'Zachte heelmeesters maken namelijk stinkende wonden, denk ik altijd. Als je continu over kleine dingen heen stapt en je komt op een gegeven moment op een punt dat je iemand echt moet aanspreken, dan is dat veel lastiger. Als je iemand nooit hebt aangesproken op eerdere gedragingen, dan kan kritiek als een grote verrassing komen. Dat verstoort de relatie en het vertrouwen. Als je iemand vaker op een informele en vriendelijke manier op kleine dingen aanspreekt, dan is diegene veel meer geneigd om het van je aan te nemen, omdat hij of zij er dan op vertrouwt dat je het beste met hem of haar voor hebt.'

'Ik moet in mijn werk voorzichtig zijn in het geven van mijn adviezen,' zegt Anne van Laarhoven. 'Vooral ondernemers zijn erg gehecht aan hun eigen merk. Voor hen is het soms moeilijk wanneer ik kritiek geef. En dan is het voor mij soms frustrerend als iemand niet doet wat ik adviseer, maar dat kan ik tegenwoordig beter relativeren. Vergelijk het met een vriendin die je advies geeft. Vaak zie jij veel helderder wat haar problemen zijn dan dat ze dat zelf doet. En soms blijft ze keer op keer toch dezelfde fout maken. Je ziet de dingen helderder voor een ander dan voor jezelf. En daarom is het voor mij heel belangrijk om een klant de tijd te geven om dat zelf ook in te zien.'

De conclusie? Wees kritisch op kritiek. Denk na over hoe je negatieve woorden brengt en kijk verder wanneer je ze zelf ontvangt. Ga na waar de kritiek vandaan komt, of er misschien andere onderliggende redenen zijn en of je er iets mee kunt. Sta open voor feedback die je helpt groeien en vergeet het commentaar waar je niets aan hebt. 'Er geldt één algemene spelregel,' zegt Neelie Kroes. 'De krant waarin iets over jou staat, daar wordt morgen de vis in verpakt. Met social media is dat net zo. Het waait wel weer over.'

HARD WORK PAYS OFF

maar met een burn-out bereik je niet zoveel

Je bent de beste vriendin, werknemer, manager, zus, dochter en moeder. Althans, je streeft ernaar om dat te zijn. Wanneer het nodig is sta je voor iedereen klaar. Maar voor jezelf? Dat schiet er nog wel eens bij in. Want als je na een hele dag werken uitgeblust de deur uit stapt móét je door naar dat etentje. Het stond tenslotte al vier weken gepland. En denk maar niet dat je, wanneer het laat wordt, de wekker de volgende dag een uurtje later mag zetten. Je moet en zal naar de sportschool, want die twee kilo is er nog steeds niet af. Daargelaten dat wanneer de deadlines je in de nek hijgen, je wél een goede reden hebt om je diner te cancelen. Dan eet je een kant-en-klaartje achter je laptop, rol je vanuit kantoor je bed in en heb je de volgende dag het gevoel of je nooit thuis bent geweest.

Alle vrouwen die ik spreek zeggen: hard werken loont, maar dat dat niet betekent dat je jezelf moet uitputten. Op een burn-out zit tenslotte niemand te wachten. En hoewel dat logisch klinkt, vind ik het lastig om een balans te vinden. Ik weet niet hoe het met jou zit, maar ik zie mezelf nog wel eens totaal leeggezogen achter mijn computer zitten. Verwonderd over hoe ik het nu weer zover heb kunnen laten komen. Soms ben ik er best bang voor, een echte burn-out. Want om me heen zie ik het steeds vaker gebeuren. Hoe houden de vrouwen die ik mag interviewen het vol?

Sanne Groot Koerkamp vindt dat je, als je succes wilt hebben, streng voor jezelf moet zijn. Zeker in het begin van een nieuwe baan. 'Er zijn maar weinig mensen uit jouw generatie die net als jij weten wat hard werken is,' vindt ze. 'Jonge vrouwen of mannen die om 9.00 uur binnenkomen en tot 22.00 uur doorwerken, zonder te klagen. Als je grote ambities hebt, moet je investeren in je carrière. Dat stopt niet na 17.00 uur.'

Ginny Ramkisoen vindt dat je moet weten waar je grenzen liggen. 'Er zijn mensen die vinden dat je pas hard aan het werk bent als je over je grenzen heen gaat,' zegt ze. 'Ik vind dat heel raar, maar ik ben wel benieuwd naar de reden waarom ze dat vinden. Toch zou ik het niet willen proberen, zestig uur per week werken en op het randje van een burn-out zitten. Ik werk hartstikke hard, maar mijn werkdag houdt op een gegeven moment op. Ik zou tot 22.00 uur door kunnen werken, maar dat doe ik niet. Er moet een balans zijn. Dat wil niet zeggen dat ik op donderdag om 18.00 uur mijn laptop dichtklap en vrijdag, zaterdag en zondag helemaal niets meer doe, maar in principe zijn dat wel mijn vrije dagen. Ik vind dat ik pas echt goed tot mijn recht kom op mijn werk als ik ook kan ontspannen.'

Voor Mariëlle Smit is en blijft het een uitdaging om zichzelf niet voorbij te lopen. 'Ik krijg zoveel energie van Make My Event dat ik maar door kan en wil blijven gaan,' zegt ze. 'Maar op een gegeven moment moest mijn omgeving me vertellen dat als ik op deze manier door zou gaan, ik straks een halfjaar op bed kon gaan liggen. Ik werkte dag en nacht. Ik heb toen geprobeerd om dingen uit handen te geven. Dat vond ik moeilijk, maar het is gelukt. Een maand lang heb ik elke week een middag vrij genomen. Dat was echt even goed voor me.'

Als je grote ambities hebt, moet je investeren in je carrière. Dat stopt niet na vijf uur

Sanne Groot Koerkamp

Madeleine van Schendel kreeg nog niet zo lang geleden een wake-upcall. 'Vorig jaar was ik voor het eerst in twee jaar op vakantie,' vertelt ze. 'Ik leefde daar heel erg naartoe en dacht dat ik bij thuiskomst weer helemaal fit zou zijn. Maar eenmaal thuis voelde ik me juist slechter. Terwijl ik zoveel had geslapen! In die tijd sprak mijn beste vriendinnetje ook vaak haar zorgen uit over hoe ik leefde en hoe hard ik werkte. Het zette me aan het denken: als ik zo door zou gaan dan zou ik misschien wel in de shit terechtkomen. Bijvoorbeeld in de vorm van een burn-out. Toen heb ik het roer omgegooid. Ik ben meer tijd aan mezelf gaan besteden in de vorm van sporten, yoga en dagelijks mediteren.'

Emilie Sobels weet net als Mariëlle en Madeleine hoe het is om een grens te bereiken. Vijf jaar geleden was ze zelfs een halfjaar uit de running. 'Mijn functie bij Fashiolista vergde veel energie en dat in combinatie met mijn pittige studie aan het Amsterdam Fashion Instituut werd me op een gegeven moment te veel,' vertelt ze. 'Ik kreeg tijdens een zakelijke trip in New York een epileptische aanval en heb bijna tien minuten trillend op de grond gelegen. Later in het ziekenhuis in Nederland werd epilepsie geconstateerd. Het was een echte eyeopener. Ik sloot een pact met mijn arts dat ik beter voor mezelf zou zorgen en hoewel ik zeker nog heel hard werk, probeer ik zoveel mogelijk momentjes voor mezelf in te plannen. Al is het maar een halfuurtje mijn nagels laten doen tijdens de lunch.'

Ook Hanna Verboom heeft ervaren hoe het is om een burn-out te hebben. Op haar 22ste werd ze ziek. 'Toen ik de hoofdrol in *Snowfever* kreeg was ik van de ene op de andere dag ineens bekend,' vertelt ze. 'Ik had geen idee hoe ik daarmee om moest gaan. Het was niet zo dat ik mijn hele leven al actrice wilde worden en ik in vier jaar toneelschool klaargestoomd was voor zo'n moment. Daarnaast was ik ook nog bezig met ontwikkelingswerk, na de tsunami in Sri Lanka. Die twee werelden kon ik niet met elkaar rijmen. Het ene moment liep ik in Azië tussen de lijken en het andere moment werd ik in Amerika in een limousine rondgereden. Op een gegeven moment werd dat me te veel. Ik ben toen een halfjaar uit de running geweest, maar ik was heel ambitieus en wilde zo snel mogelijk weer "normaal" zijn. Zo snel mogelijk weer door met werken. Ik ging wel iets voorzichtiger om met mezelf, maar pas later ben ik echt bewuster gaan leven.'

'Vroeger kon je in een dag de koeien melken en niet bij wijze van spreken ook nog even naar een ander land vliegen,' vervolgt Hanna. 'We kunnen nu veel meer en we bepalen zelf ons ritme. Wij bepalen wanneer we wakker worden, we volgen de zon niet meer. Dat lijkt heel mooi en dat is het aan de ene kant ook, want we zijn efficiënt, maar het haalt die rust wel automatisch weg. Vroeger deed je op zondag niets, nu is er bijna geen verschil met de andere dagen van de week. Ik ben ervan overtuigd dat momenten van rust en stilte heel belangrijk zijn, voor iedereen. Hoe je dat invult is aan jou. Ik probeer 's ochtends bij het wakker worden bewust bezig te zijn met die rust. Dan ga ik bijvoorbeeld wandelen, zet ik mooie muziek op of ga ik naar inspirerende verhalen luisteren. Ik doe het nog niet heel goed, maar ik ben volledig overtuigd van het belang en ik ben het aan het implementeren.'

Evelien de Vries: 'Een gemiddelde werkweek van mij is hectisch. Soms zit ik in één week in vier landen. Op maandag en dinsdag in Londen, woensdag op kantoor in Nederland, donderdag in Parijs en vrijdag in Düsseldorf. Ik heb één keer gehad dat ik vier weken lang dag in dag uit opstond met hoofdpijn. Ik kon niet eens autorijden, elke hobbel deed zeer. Toen wist ik wel dat ik te ver was gegaan. Ik kan niet zeggen dat ik gestopt ben met werken. Absoluut niet, ik heb een bedrijf. Maar ik herken nu wel het signaal. Nu weet ik dat als dat gebeurt, ik een aantal dingen niet moet doen. Als ik op zo'n moment bijvoorbeeld 's avonds afspraken heb waarvoor ik naar Amsterdam moet rijden, dan zeg ik die af.'

'Mijn verloofde heeft een tijdje geleden een burn-out gekregen en daarna ook een terugval,' vertelt Elisah Jacobs. 'Ik heb dus van dichtbij gezien hoe het gaat als je alleen maar werkt en niet veel vrije tijd neemt. En dat is best heftig. Ik wil niet dat mij dat overkomt, dus ik probeer een goede balans te creëren. Ik heb mazzel dat al mijn vriendinnen in Amsterdam voor zichzelf werken, dus we kunnen vaak samen ontbijten bijvoorbeeld, of lunchen. Dat zie ik echt als ontspanning en daar maak ik ook tijd voor. Er was een tijd waarin ik veel afspraken afzegde en liever aan het werk wilde. Dat heb ik op een gegeven moment wel losgelaten. Die tijd met mijn vrienden, familie en verloofde vind ik echt belangrijk.'

Volgens Ginny Ramkisoen wordt het cool gevonden om te kunnen zeggen dat je het ontzettend druk hebt. 'Je maakt pas indruk als je keihard hebt gewerkt en ontzettend veel uren hebt gemaakt om ergens te komen,' zegt ze. 'Maar volgens mij hoeft dat niet op die manier. Dat is niet de enige weg om ergens te komen en ook niet altijd de beste. Je bent niet tien uur per dag productief, dat kan gewoon niet. Als je dat wel bent, wil ik graag met je spreken, want dan wil ik wel weten hoe je dat doet.'

Nicole Huisman probeert rust in te plannen wanneer ze voelt dat het niet meer gaat. 'Ik word dan vaak grieperig en chagrijnig, *no fun* voor mijn omgeving. Met sporten, gezellige borrels en etentjes verzet ik mijn gedachten, waardoor ik daarna mijn werk weer met frisse energie aankan.' Wendy Bogers zegt door goed te slapen en veel te sporten de hoge werkdruk aan te kunnen. 'Het eerste halfjaar van Ligo heb ik bizarre uren gemaakt,' vertelt ze. 'Ik kon totaal niet genieten van sociale activiteiten omdat ik het liefst 24/7 met mijn werk bezig was. Ik moest en zou zorgen dat mijn idee van de grond kwam, falen was geen optie. Na een paar maanden groeiden we al hard in omzet, waardoor ik het iets meer los kon laten. Al werk ik nog steeds ook in het weekend: op zaterdagmiddag en zondagmiddag zit ik in een koffietentje te werken. Maar ik heb geen moment gehad dat ik tegen mijn grenzen aan liep en geen energie meer had. Ik zorg te allen tijde dat ik supergezond eet, minimaal zeven uur slaap en drie keer per week sport.'

'Tijdens het sporten kom ik tot inzichten,' zegt Eve Tomaszewski, die ook zweert bij veel lichaamsbeweging. 'Het is vaak zo dat als ik geen zin heb om te gaan sporten, ik uiteindelijk altijd blij ben als ik wel ben gegaan. Daarvan heb ik geleerd dat je iets soms gewoon moet doen, ook al heb je geen zin. Bijvoorbeeld die deadline halen waar je zo tegenop ziet, zodat je daarna weer aan je passieproject kunt werken. Ook het afmaken van iets: als ik even het gevoel heb dat ik niet meer kan, dan denk ik aan mijn sportles die ik – ook al is hij *killing* – uiteindelijk ook altijd vol heb kunnen houden. Daarnaast vind ik het gewoon fijn om een goed lichaam te hebben. Als ik slecht voor mezelf zorg, slecht eet en niet blij ben met hoe mijn buik eruitziet bijvoorbeeld, dan gaat daar weer onnodige aandacht naartoe.'

Jeranne Koekkoek: 'Vorig jaar heb ik, naast mijn drukke baan, thuis de verbouwing geleid, in mijn eentje. Op een gegeven moment besefte ik dat dat niet werkte. Als ik te lang doorga, branden uiteindelijk de stoppen door. Dan weet ik dat ik rust moet nemen. Tijdens die verbouwing zat ik op mijn eigen verjaardag bijvoorbeeld te huilen dat ik naar bed wilde, zo moe was ik. Op het moment dat ik die emotie toelaat, is het daarna weer helemaal oké. Ik heb geleerd dat ik dat vaker en eerder moet doen.'

'Nu doe ik bijvoorbeeld veel aan yoga,' vervolgt ze. 'Het helpt me om bewuster met mijn lichaam om te gaan. Je moet je momenten nemen. Thuis zijn is ook fijn, daar geniet ik nu veel meer van. Als je altijd maar doorratelt, kun je op een gegeven moment niet meer. Je moet je grenzen leren kennen.'

Sanne Groot Koerkamp slikt vitaminepillen, drinkt zoveel mogelijk gezonde groentesappen en doet één keer per jaar een sapkuur. 'Veel seks helpt ook,' zegt ze lachend.

Anne van Laarhoven begint haar werkdagen sinds kort een paar uur later. 'Zeker als ondernemer sta je op en ga je naar bed met je werk. Daarom probeer ik bewust ruimte vrij te maken voor mezelf,' vertelt ze. 'Nu ik mijn werkdagen vanaf 11.00 uur begin, heb ik daardoor meer tijd om dingen voor mezelf te doen. In het weekend en 's avonds heb ik vaak sociale verplichtingen, dus dan is het lastig om tijd voor mezelf te vinden. In die uren voor mezelf ga ik een goed boek lezen, uitslapen of sporten. Net waar ik zin in heb. Het geeft rust en wanneer je van 11.00 tot 19.00 uur werkt, heb je ook een goede werkdag gehad. Ook komt het weleens voor dat ik mezelf spontaan een dag vrij 'geef' als ik daar behoefte aan heb. Op die manier blijf je uitgerust en geïnspireerd.'

Het wordt vaak cool gevonden om te zeggen dat je het druk hebt

Ginny Ramkisoen

Volgens Emilie is het belangrijk om voor jezelf te ontdekken wat voor jou ontspanning biedt en daar tijd aan te besteden. 'Ik laad mezelf bijvoorbeeld op door alleen te zijn,' zegt ze. 'Of door een avond iets leuks te doen met een vriendin. Ik houd niet zo van grote groepen. Anderen laden zich juist op in een groot gezelschap. Dat is iets heel persoonlijks, je komt er vanzelf achter wat werkt voor jou. Ik weet nu heel goed wat ik wel en niet leuk vind. Festivals vind ik bijvoorbeeld niets, dus daar ga ik ook niet naartoe.'

'Je moet tijd in jezelf investeren,' zegt ook Hanna. 'Je moet weten wat jouw "wortels" zijn en daar moet een groot deel van je tijd naartoe gaan. Voor mij is energie in mijn familie, vrienden en mijn geloof steken bijvoorbeeld heel belangrijk. Daarnaast doe ik ook andere dingen, maar ik probeer per dag acht uur slaap/rust en acht uur voor mezelf en mijn "wortels" aan te houden. Dan heb ik acht uur om te werken. Het lukt me niet altijd om me aan dat schema te houden, maar het is een basis. Het gaat erom dat je doet wat voor jou goed voelt. Voor mij voelt het bijvoorbeeld niet per se goed om naar de sportschool te gaan. Ik ga liever hardlopen op het strand of in het bos. Ik weet dat als ik de tijd neem voor stilte, die vind ik het meest in de natuur, al het andere op z'n plek valt.'

Nathalie van Wingerden ontdekte dat vroege meetings voor haar niet werken. 'Als ik 's ochtends vroeg een afspraak heb dan kan ik die avond ervoor bijna niet slapen,' zegt ze. 'Dus nu doe ik dat alleen nog maar bij uitzondering. Ik sta wel iedere dag om 07.00 uur op, daar gaat het niet om. Maar door mijn afspraken later op de dag te plannen, slaap ik een stuk beter en begin ik uitgerust aan mijn dag. Wel is het eerste wat ik doe als ik wakker word mijn mail openen. Ik zou willen dat ik kon zeggen dat ik dat pas om 09.00 uur doe en eerst een rustig ochtendritueel uitvoer, maar dat werkt in de praktijk niet.'

'Ik merkte dat ik onrustig sliep wanneer ik na negen of half tien 's avonds nog aan het werk was,' zegt Nathalies compagnon Joëlla Opraus. 'Dat doe ik niet meer. Daarnaast plan ik liever niet meer dan één avondafspraak per week: omdat ik mijn zoon graag wil zien, maar ook omdat ik weet dat afspraken in de avond voor mij erg vermoeiend zijn. Daar heb ik dus een keuze in gemaakt.

Ik sta niet iedere avond op een netwerkborrel en daar mis ik ook niet zoveel aan. Misschien zouden we nog wel meer opdrachten hebben als ik daar wel zou staan, maar ik doe dat gewoon niet.'

'Een tijdje geleden heb ik een cursus Mindfulness voor ondernemers gedaan,' vertelt Mariëlle. 'Ik heb de neiging om maar te blijven denken aan morgen en overmorgen, ik heb continu nieuwe ideeën. Vaak poppen er 's nachts continu dingen op. Dat is vermoeiend! De oefeningen die ik doe helpen me om wat meer in het nu te leven. Het lukt me niet om iedere dag op een vast moment zo'n sessie te doen, maar het werkt voor mij goed om het eens in de zoveel tijd toe te passen.'

Madeleine mediteert iedere dag. 'Zo'n sessie hoeft helemaal niet lang te duren, vaak maar vijf tot tien minuten,' zegt ze. 'Mijn tip is om een meditatievorm te vinden die goed bij jou past, iets waar jij je heel prettig bij voelt. Dat kan zijn via een vlogger, een blogger, een cursus of noem maar op. Daar moet je jezelf even in verdiepen. Er is ook een app, Headspace, die schijnt goed te werken. Je moet op zoek gaan naar wat jou rust geeft. Als je dat eenmaal gevonden hebt en je merkt dat het loont, dan is het heel makkelijk om dat in je routine in te bouwen. En dat hoeft niet per se mediteren te zijn. Bij de één geeft een boek lezen rust, bij de ander sporten, of een uur wandelen. Voor mij werkt de combinatie van veel sporten en mediteren goed.'

Ik ben benieuwd naar hoe ze het mediteren en sporten in haar drukke schema inbouwt. 'Ik sta vroeg op en begin met mediteren. Daarna ga ik koffiedrinken en ontbijten en werk ik mijn mail weg. Dan ga ik douchen en aankleden,' vertelt ze. 'Soms ga ik ook nog sporten voordat ik ga werken. Ik doe dan vooral aan krachttraining of boksen. Daarna ga ik naar kantoor en dan beginnen mijn afspraken. Ik probeer zoveel mogelijk mijn afspraken 's ochtends in te plannen en daarna ga ik werken. Maar ik heb ook wel eens dat ik 's middags heel moe word of niet meer gefocust ben. Dan ga ik even wat anders doen. Even naar huis, boodschappen doen of sporten. Dan klap ik 's avonds mijn laptop weer open. Je lichaam geeft veel aan over wat je wel en wat je niet kunt. De truc is volgens mij om te leren luisteren naar wat voor jou het beste werkt.'

'Ik zou misschien veel meer tegen een burn-out aan hebben gezeten als ik geen yoga en meditatie zou doen,' zegt Nina Pierson. 'Voordat Ella werd geboren deed ik zo'n vier keer per week aan yoga. En mediteren doe ik altijd wel vijf minuutjes per dag. Dan ga ik al mijn zintuigen af. Wat zie ik? Wat proef ik? Wat hoor ik? De geluiden buiten, binnen, je ademhaling, de tv op de achtergrond. Daarna ga ik op zoek naar mijn ademhaling en probeer ik deze te volgen. Continu probeer ik vanuit de gedachten die me afleiden weer terug te gaan naar het volgen van mijn ademhaling. Het maakt je erg bewust van jezelf en de gedachten die je hebt en daardoor leer je met een bepaalde afstand naar jezelf en je *monkey brain* te kijken.'

'Je moet ook gewoon een keer nee zeggen,' zegt Ginny Ramkisoen. 'Dat kan ik tegenwoordig heel goed, vroeger was ik echt een pleaser. Ik zei op alles ja-en-amen. Vroeg mijn baas me om over te werken? Ja hoor, geen punt. Ook al kon ik eigenlijk niet, dan verzette ik mijn eigen plannen. Op een gegeven moment dacht ik ineens dat het misschien niet zo erg was om een keer nee te zeggen. Dat heb ik van de ene op de andere dag gedaan en ik kwam erachter dat het inderdaad gewoon kan.'

Ze merkte dus dat ze daarmee géén opdrachten of relaties verloor? En dus niet ineens niet aardig gevonden werd? 'Nee, de wereld vergaat niet!' zegt ze. 'We zijn gewend om alles maar toe te zeggen. Vaak omdat we bang zijn dat andere mensen het anders niet met ons eens zijn of boos worden. Of dat we anders dingen niet voor elkaar krijgen. Maar dat is absoluut niet zo en daar kom je volgens mij pas achter als je een keer nee durft te zeggen.'

Hanna is het ook aan het leren, zegt ze. 'Het is voor mij een uitdaging om mijn eigen grenzen aan te geven. Ik wil alles graag heel goed doen en heb de neiging om mensen te pleasen. Vroeger deed ik alles wat er op me afkwam, maar nu ga ik daar bewuster mee om. Wanneer je van alles aan het doen bent waarvan je niet precies weet waarom je het doet, dan gaat dat op den duur wringen.'

Kortom: luister naar je lichaam is écht het beste advies. Neem af en toe de tijd om jezelf op te laden. Of dat tijdens een etentje met vriendinnen of juist een 'ik zweet echt overal'-sessie in de sportschool is, dat maakt niet uit. Het gaat erom dat je doet wat goed voelt voor jou, en dat betekent dat je ook wel eens nee mag zeggen. Wat zeg ik? *Anytime you want to*! Want Marcelle Mudde zegt ook: 'Het aangeven van grenzen en het maken van keuzes die voor jou persoonlijk het beste zijn, geeft zelfvertrouwen.'

TIJD INVESTEREN IN JE PRIVÉLEVEN

hoe je al je ambities én je sociale leven combineert zonder knettergek te worden

Waarom ga je nú al naar bed? Het is pas 23.00 uur! Waarom kom je niet naar de kroeg? Het is vrijdagavond! Ben je nou alweer niet bereikbaar vanwege die zoveelste megadeadline?

Het wordt je niet altijd in dank afgenomen, dat vele werken. Hoewel je probeert ook écht wel zo vaak als je kunt een wijntje mee te gaan drinken, het blijft een punt van discussie. Ik vraag mezelf geregeld af hoe ik het moet blijven managen. Al die ambities én gewenste relaties. Want naast een succesvolle carrière is een fijn privéleven ook wat waard. Hoe bereik je de top zonder je vrienden en familie te verwaarlozen?

'Het is helemaal niet erg om een keer niet naar een feestje te gaan,' vindt Emilie Sobels. 'Maar consequent je vriendinnen niet meer zien is wat anders. Je moet voor je eigen gevoel gaan en voor je eigen focus, maar ook onthouden dat

Mijn vrijdagavond is behoorlijk heilig

Nicole Huisman

je vriendschappen heel waardevol zijn en ontspanning bieden. Ik vergeet iedere keer weer hoe ontspannen het is om even een avond met mijn vriendinnen te zijn en niet na te denken over strategie en groei.'

Maar hoe zorg je ervoor dat je die relaties naast je drukke werkschema onderhoudt? Jeranne Koekkoek heeft de hoeveelheid mensen met wie ze omgaat 'uitgedund', waardoor ze meer tijd heeft voor degenen die ze echt wil zien. 'Voorheen zag ik mensen soms pas na een halfjaar en moesten we elkaar weer ons hele levensverhaal vertellen,' vertelt ze. 'Nu dat niet hoeft is een snel koffietje op zaterdag met echte vrienden ook prima. Ik kan nu ook beter nee zeggen. Vroeger had ik het gevoel dat ik iets zou missen als ik bijvoorbeeld niet naar een feestje zou gaan. Dat heb ik helemaal niet meer. Ik doe dingen die ik zelf echt leuk vind en waar ik zelf veel uit haal. Van een avondje thuis kan ik ontzettend genieten. Tot vijf jaar geleden moest ik iedere avond op stap en dat vind ik nog steeds leuk, maar ik hoef niet meer per se overal te zijn.'

Volgens Neelie Kroes is het belangrijk om prioriteiten te stellen. 'Je moet keuzes maken,' zegt ze. 'Je kunt niet én een fantastisch sociaal leven hebben én een gezin én een gigantische carrière én vier keer per jaar met vakantie.'

'Ik probeer vast te houden aan een maandag-tot-vrijdag-werkweek,' vertelt Nicole Huisman. 'Mijn vrijdagavond is behoorlijk heilig. Toch werk ik vaak genoeg een weekend of een avond door. Dat hoort erbij. Mijn vriend is videoproducer en maakt gekke draaidagen, dus we begrijpen elkaar daarin heel goed. Gelukkig begrijpen mijn vriendinnen en familie het ook als ik het af en toe erg druk heb.'

Evelien de Vries: 'Als je een bruisend sociaal leven wilt hebben, dan moet je je ambities inperken en vice versa. Ik heb gekozen voor een groot bedrijf en dat betekent dat ik serieuze concessies moet doen in andere delen van mijn leven. Dat is niet zielig, daar kies ik voor. Ik zou ook minder kunnen gaan werken en wel een rijk sociaal leven kunnen hebben, maar dan wel met een kleiner bedrijf. Op sociaal gebied heb ik geen *fear of missing out*. Als ik even niet bij mijn bedrijf ben dan heb ik dat wel. Mijn interesses liggen niet bij uitgaan. Samen met mijn familie staat mijn bedrijf absoluut op nummer één. Daar geef ik alles voor op. Ik vind het prima om daarvoor een jaar niet op vakantie te gaan.'

Mariëlle Smit vertelt dat ze haar vriend en vriendinnen wel een beetje heeft verwaarloosd toen ze haar bedrijf Make My Event net begon. 'De balans tussen werk en een sociaal leven vond ik lastig te bewaren,' zegt ze. 'Nog steeds vind ik dat soms moeilijk. Gelukkig vindt iedereen om me heen wat wij doen heel leuk. Veel van mijn vrienden zijn zelf ook ondernemers, dat scheelt. We begrijpen het van elkaar als we te moe zijn om iets leuks te gaan doen of als we ineens iets belangrijks voor ons bedrijf moeten oplossen.'

Lotte Brunninkhuis: 'Ik ben er met vallen en opstaan achter gekomen dat ontspanning essentieel is om optimaal te kunnen presteren. Begin dit jaar heb ik daarom zowel zakelijk als privé een aantal doelen gesteld waarmee ik een gezonde balans tussen in- en ontspanning probeer te creëren. Op werkgebied is dit bijvoorbeeld het aannemen van een manager. Wat betreft mijn privéleven probeer ik regelmatig tijd vrij te maken om te sporten en doe ik elke ochtend ademhalingsoefeningen voordat ik opsta.'

'Het feit dat ik ontzettend veel werk, heeft ook wel eens gedoe opgeleverd in een relatie,' zegt Milou Verbeke. 'Mijn ex snapte niet dat als ik thuis was, ik nog steeds moest en wilde werken. Ik denk dat het heel belangrijk is dat je thuis iemand hebt die begrijpt hoeveel jij voor je bedrijf wilt doen en hoeveel tijd je daarvoor nodig hebt. En ik denk ook dat het goed is om daarin samen keuzes te maken.'

Madri van Veldhuizen vindt het nog altijd lastig om de juiste balans te vinden. 'Zeker omdat ik altijd kan werken, er is altijd wel iets te doen,' zegt ze. 'Een aantal jaren woonde ik boven onze winkel. Dat was qua reistijd heel prettig, maar ik was wel altijd op mijn werk. Daarna heb ik een tijd vanuit huis gewerkt, wat ook niet ideaal was. Sinds begin 2016 zit ik bij Hashtag Workmode en dat werkt voor mij heel goed. Ik kan daar 's avonds de deur dichttrekken en neem het werk dan niet mee naar huis.'

Madri heeft een zoontje van bijna drie jaar oud. Hoe combineert ze het moederschap met haar werk? 'Mijn zoontje gaat twee dagen per week naar het kinderdagverblijf, hij is één dag met mijn man, één dag per week bij mijn ouders en één dag bij mij,' zegt ze. 'Iedere vrijdag ben ik echt met mijn zoontje, dan werk ik in principe niet. Tijdens zijn middagslaapje check ik eventueel wat mailtjes. Het is fijn dat ik op flexibele tijden kan werken. Een kind hebben betekent dat je 's avonds veel thuis bent als je kind op bed ligt. Dan kan ik ook altijd nog even wat werk doen.' Joëlla Opraus heeft een zoontje van drie. 'Voordat Boaz er was werkte ik zeven dagen per week,' vertelt ze. 'Toen hij er was ging dat gewoon niet meer. Dus daarmee had ik vanzelf meer balans. Nu ik een kind heb is mijn leven nog voller, maar wel anders vol. Ik ben niet meer bijna alleen maar aan het werk.'

Madeleine van Schendel heeft nog geen vriend of kinderen. Wanneer ik haar vraag wat ze tegen haar tien jaar jongere zelf zou willen zeggen, antwoordt ze dat ze meer tijd aan haar privéleven had moeten besteden. 'Dat is uiteindelijk waar alles om draait,' zegt ze. 'Ik ga daar niet zo goed mee om. Toen we met Mister SAM startten stapte ik op een trein die zo hard ging dat alles daarvoor moest wijken – en dat gebeurt nog steeds veel. Dat betekent dat ik mijn vrienden minder zie, minder tijd heb voor mijn familie en voor mezelf. In de zomermaanden werken we soms wel zeven dagen per week en maken we ook nog eens heel lange dagen.'

'Als ik wel tijd voor mijn familie en vrienden heb, zoals tussen kerst en oud en nieuw, dan zorg ik ook dat ik er volledig ben, zonder continu mijn mail of telefoon te checken,' zegt Madeleine. 'Het is zo zinloos om afgeleid te worden door alle WhatsAppjes of bliepjes van je mail. Daardoor ben je er niet echt. Het is al moeilijk genoeg om je aandacht bij een bepaald gesprek te houden en je niet te laten afleiden, laat staan door externe factoren zoals een telefoon of laptop. Dus als je een etentje hebt: laat die mobiel van tafel!'

Nathalie van Wingerden vindt het belangrijk om bewust tijd te maken voor haar familie en vrienden en er dan – zoals Madeleine ook zegt – echt te zijn. 'Als ik tijd voor ze heb wil ik ook mijn volle aandacht geven, en niet half nog met werk bezig zijn,' zegt ze. 'Soms vind ik dat lastig. Zeker nu we net een boek hebben uitgebracht. Ik ben continu benieuwd naar wat er in mijn mailbox zit en of er weer iemand over ons heeft geschreven. Het helpt dat we nu een bureau huren bij Hashtag Workmode. Het is niet zo dat ik buiten kantooruren niet meer werk, maar de scheiding is daardoor wel iets duidelijker. Ik zou strengere regels voor mezelf kunnen opstellen, maar daar kan ik me toch niet aan houden.'

'Niets is zo belangrijk als familie,' vindt ook Elisah Jacobs. 'Als er iets met mijn familie is, dan kan ik zo mijn laptop dichtslaan en naar hen toe gaan. En als mijn moeder nu zou opbellen en zou zeggen dat ze gezellig naar Haarlem komt, dan zeg ik alles af. Ik vind het heel fijn om even met mijn moeder te zijn.'

Sanne Groot Koerkamp ging altijd voor haar carrière. 'Daar ging alles voor opzij,' zegt ze. 'Op de tweede plek kwamen mijn vrienden en daarna pas mijn vriendje. Die moesten zich aanpassen aan mijn agenda. Prima, als je jong bent, vond ik toen. Pas tijdens mijn laatste relatie is die top drie veranderd. Het fijne is dat mijn huidige vriend een paar dagen per week 's avonds werkt. Ik heb best wel een drukke baan, met ook 's avonds afspraken. En een druk sociaal leven. In mijn vorige relatie was dat gedoe. Mijn ex vond het niet leuk dat ik vaak pas om 23.00 uur thuiskwam. Mijn huidige vriend komt zelf ook zo laat thuis. En dan begint de avond samen. Gelukkig kan ik tegenwoordig heel goed tegen weinig slaap.'

'Inmiddels zijn mijn dromen – zoals ooit een tijdje in New York werken – ook ondergeschikt aan mijn privéleven,' vervolgt Sanne. 'Ik fantaseerde erover om naar Amerika te gaan, maar besefte dat als ik nu zou verhuizen zonder mijn vriend, ik misschien wel over tien jaar wakker word met een vette bankrekening, maar zonder gezin en vriendenkring. Dat wil ik niet.'

Volgens Nina Pierson is er altijd wel tijd om je vrienden en familie te zien. 'Naar mijn idee kun je makkelijk in het weekend ook overdag werken, dan heb je in de avond nog tijd om iets leuks te doen,' zegt ze. 'Soms zie ik mijn vriendinnetjes iedere week, maar soms ook één keer in de drie weken, en dat is voor ons allemaal oké. Volgens mij moet je vriendinnen om je heen verzamelen die jou alles gunnen en het oké vinden als jouw bedrijf of werk je even nodig heeft.'

Nu ik een kind heb is mijn leven nog voller, maar wel anders vol

Joëlla Opraus

'Mijn sociale agenda zit behoorlijk vol,' zegt Lotte Brunninkhuis. 'In het weekend spreek ik veel af met vriendinnen en mijn tweelingzus Fleur. Ze woont ook in Amsterdam en ik zie haar minimaal twee keer per week. Doordeweeks probeer ik in elk geval drie avonden vrij te houden waarin ik ga sporten of een avond voor mezelf heb.'

'Ik denk dat je net als op je werk ook op het gebied van vriendschap en liefde doelen moet en mag stellen,' zegt Eve Tomaszewski. 'Het is raar dat mensen in onze maatschappij zeggen dat de liefde iets is wat je moet overkomen. Net als voor je carrière moet je voor de liefde ook moeite doen. Als jij je energie niet in daten steekt, dan ga je ook niets met iemand opbouwen. Dus op het moment dat je voelt dat je ergens behoefte aan hebt, moet je daar wel achteraan gaan. Ik geloof wel dat als je doet wat je leuk vindt, je de mensen ontmoet die bij je moeten zijn. Toen ik bijvoorbeeld naar New York ging en echt deed wat ik leuk vond, kwam de liefde ook op mijn pad. Dat gebeurt wel alleen als je ervoor openstaat en er aandacht aan besteedt.'

Bijna alle vrouwen zeggen dus: besteed naast je werk ook tijd en aandacht aan je privéleven. Als je kiest voor een glansrijke carrière heb je minder tijd voor je familie en vrienden en vice versa. Wees je bewust van de gevolgen daarvan. Want net zoals je hard moet werken voor je eigen toko of het bedrijf waar je werknemer bent, moet je in je relaties ook blijven investeren.

Elisah helpt het om wat meer sociale afspraken te plannen. 'Anders heb ik de neiging om alleen maar aan het werk te zijn,' zegt ze. 'Met een paar meiden ga ik standaard eens in de zoveel tijd lunchen, iedere keer ergens anders. Wanneer ik bij Hashtag Workmode zit, spreek ik met vriendinnen af om in Amsterdam een hapje te eten voordat ik weer terug naar Haarlem ga.'

SOCIAAL PLANNEN

hoe houd je dat leuk?

Over plannen gesproken. Tot wanneer staat jouw sociale agenda vol? Je moet de mijne eens zien. Minimaal twee maanden vooruit zit ik in de weekenden gebakken en er gaat geen week voorbij waarin ik niet bijna iedere avond een afspraak heb staan. Verschrikkelijk vind ik het, want het komt vaak genoeg voor dat ik op de dag zelf totáál geen zin heb in dat etentje of bioscoopbezoek. Het is vooral dat gevoel altijd dat te moeten dat me soms uitput. Afzeggen vind ik namelijk echt niet te doen. Daar gaat altijd een paar uur interne strijd aan vooraf. Zal ik wel, zal ik niet? Ik kan het eigenlijk niet maken om niet te gaan en wil bovendien zelf ook graag, maar ik ben echt kapot. *What to do*? Als ik de moed vind om een afspraak te cancelen brengt dat vaak een enorme opluchting met zich mee, maar ook een naar schuldgevoel. Ik moet toch ook mijn vrienden en familie nog zien? De grap is dat ik het zelf doe. Ik ben degene die op bijna alles ja zegt en mijn hele agenda vol kleurt. Onbewust ben ik denk ik bang dat ik anders niets te doen heb. Dat patroon heb ik wel eens geprobeerd te doorbreken, maar omdat mijn vriendinnen ook vier maanden vooruit plannen moet ik wel meedoen, anders zien we elkaar niet. Heb ik toevallig alleen maar drukke vriendinnen? Of hebben andere vrouwen ook last van dit 'planprobleem'?

Milou Verbeke herkent mijn gedachten en doet haar best om minder te plannen. 'Het vervelende is dat het zich continu opbouwt,' zegt ze. 'Als ik bijvoorbeeld deze week niet meer kan, dan plan ik iets in voor die week erna. Zo blijft er weinig ruimte over voor impulsieve dingen. Daar probeer ik nu meer vrije plekken voor te laten. Ik vind het heerlijk om op donderdag spontaan een borrel te kunnen gaan drinken als ik daar zin in heb. Tegen vriendinnen zeg ik steeds vaker dat we wel even contact hebben om te zien hoe de week loopt, in plaats van dat ik een afspraak maak. Gelukkig vinden zij dat ook fijn.'

'Ik ben gestopt met veel vooruitplannen,' zegt ook Ginny Ramkisoen. 'Voor speciale activiteiten, zoals een wijnproeverij of een vakantie, maak ik wel van tevoren afspraken. Maar een drankje doen of bij elkaar eten, dat doe ik heel spontaan. Ik weet pas als ik uit mijn werk kom of ik nog de energie heb om nog de hele avond bij vrienden op de bank te hangen. Soms heb ik veel meer zin om thuis te netflixen. Met halve energie bij mijn vrienden gaan zitten vind ik ook niet eerlijk. Als ik met iemand afspreek dan wil ik ook mijn volledige aandacht kunnen geven.'

Ziet ze haar vrienden dan nog vaak? Ik bedoel: lukt het in de praktijk wel om spontaan samen te eten? Als ik vanavond een rondje zou bellen heeft vast iedereen al plannen. 'Het loopt altijd wel los,' zegt Ginny. 'Misschien komt dat ook omdat veel van mijn vrienden op loopafstand wonen. Dat maakt het makkelijker. Met mijn vrienden die in een andere stad wonen moet ik wel echt afspreken, anders zie ik ze niet. Dus dat doe ik wel, maar dat is eerder uitzondering dan regel.'

Het onderwerp blijkt erg te leven, ook Nina Pierson zegt ermee bezig te zijn. 'Ik kan makkelijk mijn hele week vol plannen, maar ik merk steeds vaker dat ik daar niet gelukkig van word,' zegt ze. 'Wanneer je jonger bent dan zet je je er nog overheen, maar nu ik wat ouder ben probeer ik echt geen dingen meer te doen waar ik geen zin in heb.' De plancultuur doorbreken is lastig omdat inderdaad iedereen plant, beaamt ze. 'Als jij niets plant, dan kun je met niemand afspreken omdat iedereen al plannen heeft. Maar mijn vriendinnen lopen tegen hetzelfde probleem op, dus we proberen er samen wat aan te doen. Ik probeer een balans te vinden. Er zijn nu meer dagen in de week dat ik niets gepland heb staan.'

'Ik merk dat veel mensen bang zijn om niets te doen te hebben als ze hun agenda niet volplannen,' zegt Anne van Laarhoven. 'Maar die ruimte kan juist goed zijn om geïnspireerd te raken, stil te staan bij de koers die je vaart en nieuwe contacten te leggen.' Hoe ze dat met haar sociale agenda doet? 'Er zijn een aantal mensen met wie ik vast afspreek, zoals mijn beste vriendin. Als ik haar zie, plannen we meteen een nieuwe date voor de week erna. Verder probeer ik zoveel mogelijk rust en vrijheid te houden. Om goed voor mezelf te zorgen, maar ook om dingen spontaan te houden en niet het gevoel te hebben dat ik word geleefd.'

Suzanne Berings probeerde altijd alles te regisseren, maar daar is ze sinds kort mee gestopt. Ze maakt geen afspraken meer. 'Ik heb gemerkt dat als je twee weken doorzet, je dat patroon vanzelf doorbreekt,' zegt ze. 'Ik heb tegen mijn vrienden gezegd dat ik geen afspraken meer maak. Dat zorgde soms wel voor een ongemakkelijk gesprek. Iedereen denkt dat je voor hen toch vast wel een uitzondering kan maken. Natuurlijk zijn er ook mensen voor wie ik dat doe. Vriendinnen met kinderen bijvoorbeeld, of mijn moeder. Tegen hen kan ik niet zeggen dat ik altijd kan en dat ze me op het moment gewoon even moeten bellen. Andere vrienden vertel ik dat wel. Wanneer ze een avond niets te doen hebben, kunnen ze me altijd bellen. Andersom doe ik dat ook. Bij goede vriendinnen kan ik zo aanhaken bij de plannen die zij al hebben gemaakt.'

'Het werkt ontzettend goed,' vervolgt ze. 'Ik vind het zo relaxed. Maximaal één of twee dagen van tevoren beslis ik wat ik ga doen. Vanavond ga ik bijvoorbeeld met een vriendin eten, dat heeft ze me gisteren gevraagd. In de weekenden beslis ik vaak als ik wakker word pas wat ik die dag ga doen. Me vervelen doe ik nooit. Er gebeurt altijd wel wat, zeker in de stad.'

Conclusie: zorg voor een planbalans die voor jou werkt. Misschien ga jij wel lekker op veel afspraken. Maar word je net als ik gek van zo'n overvolle agenda met weinig ruimte voor spontane activiteiten? Stop gewoon met plannen. Doorbreek het planpatroon door het bespreekbaar te maken met je vrienden. Natuurlijk, bepaalde uitjes moet je van tevoren vastleggen, anders komt het er niet van. En dat geldt ook voor vriendinnen of familieleden die je anders ook nooit ziet. Maar waarschijnlijk vinden al je vrienden in de buurt het ook veel fijner om spontaan ergens te gaan eten of een koffietje te doen. En zo niet, dan weten ze in ieder geval wel waar ze met jou aan toe zijn. Want: verwachtingen kun je managen.

VERWACHTINGEN KUN JE MANAGEN

eyeopener nummer twee

We hebben nog wel eens (oké, vaak) de neiging om erg ambitieuze afspraken te maken of verwachtingen te scheppen. Nagerekend doe ik iedere dag wel een belofte. Zit je ergens mee? Er staat hier altijd een fles wijn koud, dus kom langs joh, *anytime*! Of ik volgende week vrijdag het hele manuscript van dit boek bij je kan inleveren? Natuurlijk. Of ik aanstaande woensdag een presentatie kom doen? Waarom niet. Me op zondag 'lastigvallen' met werkgerelateerde vragen? *No worries*. 's Avonds kun je me trouwens ook na 22.00 uur nog wel even bellen. O, en reageer ik niet direct op een mailtje? Dan lig ik waarschijnlijk onder een bus. Doodvermoeiend eigenlijk, dat continu bereikbaar moeten zijn en de ene na de andere deadline moeten halen. Waarom verwachten mensen toch zoveel van je? Wat is de komst van die smartphones toch eigenlijk een verschrikkelijke ontwikkeling geweest. Vind je ook niet?

Toen Emilie Sobels me vorig jaar zomer vertelde hoe het was om Hashtag Workmode te starten en haar omgeving te vertellen dat ze een eigen bedrijf begon, bezorgde ze mij een dikke vette eyeopener. 'Ik had het gevoel dat mensen heel hoge verwachtingen van me hadden. Iedereen bleef maar zeggen dat het sowieso een succes zou worden, omdat ik het zou doen. Iemand zei me zelfs: jij verandert alles in goud,' vertelt ze. 'Hoewel het natuurlijk goed werd bedoeld, lag ik nachten wakker van zo'n uitspraak. De angst om te falen werd veel groter. Ik weet niet meer met wie ik erover sprak, maar ik besefte ineens dat ik die verwachting zelf had gecreëerd met de successen die ik daarvoor bij Fashiolista had behaald en het feit dat ik had laten zien dat ik heel hard kan werken.'

'Nu weet ik dat je de verwachtingen die mensen van jou hebben zelf creëert,' vervolgt ze. 'Zo is het ook met e-mails: mensen werden soms boos als ik 's avonds niet reageerde of niet binnen een dag een bericht terugstuurde. Ik besefte dat dat kwam doordat ik dat normaal wél altijd deed. Toen ik daarmee stopte werden de verwachtingen ook anders. Je kunt dat echt managen.'

Op die manier had ik het dus nog nooit bekeken. Zou je de verwachtingen echt zelf in de hand hebben? 'Zeker', zegt Anne van Laarhoven. 'Je kan verwachtingen echt sturen. Dat klinkt misschien alsof het heel erg over de ander gaat, maar een groot deel ervan ligt eigenlijk bij jezelf. Bedenken wat je zelf nodig hebt, grenzen stellen en de ander daarvan op de hoogte houden. Dat is niet asociaal, maar juist duidelijk en respectvol naar jezelf en naar de ander. Krijg je bijvoorbeeld een last minute klus van een opdrachtgever aangeboden waardoor je het hele weekend moet werken? En betekent dit dat je misschien niet meer naar de verjaardag van een vriendin kan? Probeer dan alvast beide partijen voor te bereiden en verwachtingen te managen. Zo zou je bij je opdrachtgever kunnen aangeven dat je niet zeker weet of je je deadline van maandagochtend gaat halen omdat je nog een belangrijke privé-afspraak hebt. En andersom kun je bij je vriendin aangeven dat je misschien haar verjaardag niet gaat halen of iets korter blijft, omdat er een last minute klus is waar je aan moet werken. Door dat vooraf aan te geven voorkom je teleurstellingen.'

De verwachtingen die mensen van jou hebben, creëer je zelf

Emilie Sobels

Ginny Ramkisoen zet voordat ze aan een opdracht of samenwerking begint de verwachtingen van beide kanten op papier. 'Dan weet je wat je van elkaar kunt verwachten en kun je iemand verantwoordelijk houden voor het nakomen van bepaalde afspraken die je hebt gemaakt,' zegt ze. 'Als je verwachtingen niet hebt uitgesproken en achteraf niet tevreden bent, dan kan het een "welles-nietes-verhaal" worden over wat je met iemand hebt afgesproken. Ik zet de afspraken altijd even op de mail of ik maak er een document van. Voor jezelf is het ook fijn om daarop te kunnen terugvallen.'

'Je kunt verwachtingen bespreekbaar maken,' zegt Elisah Jacobs. 'Als ik bijvoorbeeld een deadline moet halen, maar mijn lichaam geeft aan dat ik niet meer kan, of er is iets met mijn familie, dan laat ik mijn opdrachtgever weten dat het niet gaat lukken. Tot nu toe zijn degenen met wie ik werk daar heel flexibel in geweest. In december had ik het bijvoorbeeld ontzettend druk, ik had het gevoel dat ik mezelf voorbijliep. Toen heb ik een grote opdrachtgever opgebeld, gezegd dat ik het niet trok en gevraagd of we de opdracht naar januari konden verzetten. Daarbij heb ik onderbouwd waarom een campagne in januari ook een goed idee zou zijn. Je moet wel met een alternatief komen en in mogelijkheden blijven denken. Ik heb nog nooit gehad dat een opdrachtgever dat niet oké vond. Maar als hij echt zou zeggen dat het niet zou gaan dan zou ik de opdracht aan iemand anders afstaan. Mijn eigen gezondheid, familie en vriend gaan voor.'

En hoe zit dat dan met de verwachtingen die je vrienden van je hebben? Ik voel me vaak genoeg schuldig wanneer ik mijn vrienden weer een hele tijd niet kan zien omdat ik het te druk heb.

'Mijn echte vriendinnen weten en begrijpen dat ik ze soms maanden niet kan zien en vinden dat oké,' zegt Evelien de Vries.

'Spreek je uit,' zegt ook Ginny Ramkisoen. 'Ik geef, als ik een afspraak met vriendinnen maak, vaak aan dat ze er rekening mee moeten houden dat ik niet drie weken van tevoren weet of ik die avond zin of energie heb om bijvoorbeeld uit eten te gaan. Ze begrijpen dat het niet zo is dat ik hen niet wil zien, maar dat ik ook naar mijn lichaam moet luisteren.'

Een eyeopener, althans voor mij. Maak je van tevoren duidelijk wat iemand van je kan verwachten, dan voorkom je een hoop teleurstellingen. Je hóéft namelijk niet altijd bereikbaar te zijn, zolang je die belofte niet doet. Denk na of je iets echt waar kunt maken voordat je ergens ja op zegt. En als je van tevoren aangeeft dat je dit weekend waarschijnlijk niet mee kunt naar de kroeg, zijn je vrienden aangenaam verrast als je er ineens toch staat.

BROOD OP DE PLANK

want van alleen gelukkig zijn met wat je doet kun je nog niet eten

---

Een fijn huis, een goedgevulde koelkast én kledingkast, misschien wel een auto en eens in de zoveel tijd een nieuw interieur. Samen met je vriend of vriendin maak je ooit nog een wereldreis en tussendoor ga je minimaal drie keer per jaar op vakantie. Nee, aan toekomstplannen geen gebrek. En je bent goed op weg. Maar naast hard werken en je dromen achterna gaan, heb je nog iets anders belangrijks nodig: geld. Aardig veel ook met jouw wensen. Hoe zorg je voor genoeg inkomsten die al die uitgaven kunnen dekken?

'Dat komt vanzelf,' stelt Nina Pierson me gerust. 'Het is een noodzaak, dus je gaat niet iets doen waar je geen pepernoot aan verdient. Maar het moet volgens mij niet je uitgangspunt zijn, je moet iets doen waar je hart bij ligt en waar je heel blij van wordt. Toen ik PUP opzette werkte ik daarnaast nog voor onder andere Models at Work, tot mijn compagnon Annemarie en ik een plan hadden ontwikkeld waarmee we PUP rendabel konden maken. Je moet durven investeren en zorgen dat je de vaste lasten kunt betalen, dan komt de rest vanzelf.'

Evelien de Vries verdiende helemaal niets toen ze net met haar bedrijf begon. 'Toen ik mezelf eindelijk een salaris betaalde was dat ver onder het minimumloon,' vertelt ze. 'Mijn advies is om je niet gek te laten maken door geld. Wanneer je een bedrijf begint en er staat opeens een extra nul op je zakelijke bankrekening, dan moet je daar ook vanaf kunnen blijven. Als je bij voorbaat weet dat je een x bedrag moet verdienen om te kunnen overleven moet je een zeer realistische case opstellen. Wat moet je verdienen of, in het geval van een eigen bedrijf, wat moet je verkopen of hoeveel opdrachten moet je hebben om dat binnen te krijgen? Dan weet je precies wat je moet doen.'

'In het begin werkten Lotte en ik vanuit huis, dat scheelde in de kosten,' vertelt Mariëlle Smit. 'Daarnaast werkten we vanaf onze eigen computers en hebben we vrij weinig hoeven te investeren om aan de slag te gaan. Pas in het tweede jaar konden we onszelf een piepklein beetje uitbetalen, tot die tijd leefden we van de spaarrekeningen die we hadden opgebouwd tijdens ons hostessenwerk. Van mijn ouders wilde ik liever niet te veel aannemen, ik wilde het zelf doen.' Wendy Bogers moest bij de opzet van Ligo wel geld lenen om rond te komen. 'Mijn volle aandacht ging naar het opzetten van het platform, tijd om daarnaast ander werk te doen had ik niet,' vertelt ze. 'Na een halfjaar was mijn spaargeld erdoorheen. Toen heb ik gelukkig geld van mijn moeder kunnen lenen. Ik geloofde in het succes van Ligo, dus wist ik dat het met mijn financiën ook wel weer goed zou komen. Mijn tip is om wanneer je iets begint in ieder geval te zorgen dat je genoeg gespaard hebt om jezelf een jaar lang te kunnen onderhouden. De kosten vallen namelijk altijd tegen.'

'Je moet bereid zijn om te investeren en heel hard te werken zonder dat je dat direct op je bankrekening terugziet,' zegt Eve Tomaszewski. 'Zeker in de mode moet je veel gratis doen, je moet onderaan beginnen. Als projecten of mensen je aanspreken, kun je een samenwerking aangaan zonder dat daar direct een prijskaartje aan hangt. Soms kan het je in plaats van geld een hoop energie, kennis, ervaring of een netwerk brengen. Je moet daarin blijven evalueren en scherp in de gaten houden of de activiteiten waar je mee bezig bent je geld of een van die andere dingen opleveren.'

'Wanneer je een goed idee hebt moet je dat uitvoeren, ook als je niet weet of het je geld gaat opleveren,' vervolgt Eve. 'Als je er niet aan begint, creëer je sowieso niets. Wees wel selectief. Ik zie The Goaldiggers Club bijvoorbeeld als mijn passieproject, waar ik uiteindelijk graag geld mee wil verdienen. Nu dat nog niet zo is, investeer ik er vooral geld en tijd in en zorg ik ervoor dat de dingen die ik daarnaast doe wel geld opleveren. Daar kun je ook creatief mee omgaan. Toen ik The Goaldiggers Club oprichtte, heb ik mijn freelanceopdrachten *on hold* gezet om me compleet te kunnen focussen op de launch. Daardoor heb ik mijn huis voor die drie maanden moeten verhuren en bij een vriendinnetje gelogeerd.'

'Onze tip is om goede afwegingen te maken tussen wat je gratis of voor bijna niets doet en wat niet,' zegt financieel expert Nathalie van Wingerden. 'Alle uren die je steekt in opdrachten waar je niets mee verdient, kun je niet steken in het binnenhalen en uitvoeren van betaalde banen of opdrachten.'

'In het begin van je carrière moet en mag je investeren en uitvinden of je op de goede weg zit,' voegt haar compagnon Joëlla Opraus toe. 'Op een gegeven moment merk je dat je goede kwaliteit neerzet en daar mag je een mooie prijs voor vragen.'

Maar hoe weet je wat je ergens voor kunt vragen? 'Zet je vaste lasten zowel privé als zakelijk op een rijtje en bekijk daarna wat je variabel wilt kunnen uitgeven,' zegt Joëlla. 'Wat wil je in het dagelijks leven kunnen doen? Hoeveel wil je sparen voor de dromen die je hebt? Denk ook aan onvoorziene omstandigheden zoals een arbeidsongeschiktheidsverzekering wanneer je zzp'er bent en een spaarpotje voor noodgevallen. Hoeveel heb je dan nodig per maand? Reken dat terug naar een uurloon of een minimaal te verkopen aantal producten, gebaseerd op hoeveel uren je per week betaald kunt uitvoeren. Als zzp'er kun je niet voor alle uren geld vragen, je moet bijvoorbeeld ook je administratie doen.'

Accepteer nooit het eerste voorstel

Suzanne Berings

‘Daarna moet je pas kijken naar wat de concurrent vraagt,’ vervolgt Joëlla. ‘Je ziet vaak dat mensen de concurrent kopiëren. Maar jij bent niet hetzelfde als jouw concurrent. Ik zie veel vrouwen die dat doen en er later achter komen dat ze eigenlijk niet genoeg overhouden om hun lasten te betalen.’

‘Mijn stagiaires vragen wel eens aan mij wat zij per uur zouden moeten vragen,’ zegt Elisah Jacobs. ‘Dan vraag ik ze altijd: wat vind jij dat je waard bent? Wat verdien jij per uur? Of per klus? Kijk naar wat je nodig hebt om rond te komen. Toen ik net ging freelancen vroeg ik aan andere freelancers wat hun tarieven waren. Maar iedereen doet daar geheimzinnig over en ik merk dat ik dat nu zelf ook doe. Ik vind het heel persoonlijk om te zeggen wat ik verdien. Je kunt ook kijken naar wat je zou verdienen als het een baan zou zijn.’

Werkt dat hetzelfde bij het zoeken naar een baan? Moet je kijken naar wat jij wilt verdienen? ‘Het ligt er natuurlijk aan op welk punt van je carrière je staat,’ zegt Nathalie. ‘Aan het begin heb je misschien niet zo veel hoge lasten, dan kun je investeren in je toekomst en met een lager loon beginnen bij een bedrijf dat je interessant vindt. Als je geld als eerste motivatie pakt, dan ga je misschien iets doen wat je helemaal niet leuk vindt en dan zit je veertig uur per week ongelukkig op kantoor. Houd er wel rekening mee waar je naartoe wilt en welke stappen je daarvoor moet nemen. Je moet vooruitdenken.’

Bij het onderwerp ‘geld’ komt ook het onderhandelingsspel kijken. Je baas, opdrachtgever of samenwerkingspartner geeft het liefst zo min mogelijk uit, terwijl jij het liefst zoveel mogelijk binnenkrijgt. Hoe zorg je ervoor dat je het bedrag krijgt dat je wilt? Of iets wat daar in de buurt komt?

‘Nooit het eerste voorstel accepteren,’ zegt Suzanne Berings. ‘Dat is echt regel nummer één. Als je ergens solliciteert of je gaat een nieuwe opdracht aan, dan ben jij zelf het product. Niemand weet meer over dat product dan jij. Jij weet wat je kunt toevoegen aan een functie of aan een opdracht. Daar moet je achter staan. Jij weet zelf wat je waard bent. Het is heel makkelijk om jezelf een beetje te *downplayen* en te denken: misschien willen ze dat bedrag er niet voor betalen. Maar je moet onthouden dat dit is wie jij bent en dat dit is wat jij vindt wat je waard bent.' 'Dat wordt makkelijker naarmate je het vaker doet,' vervolgt ze. 'Je moet daarmee oefenen. Toen ik net afgestudeerd was had ik geen idee wat ik moest vragen. Tijdens de sollicitatie voor mijn eerste baan zei ik doodleuk dat ik als salaris €3000 per maand in gedachten had. Ik dacht: kan mij het schelen, dan lachen ze me maar uit en nemen ze me niet aan. Dan ga ik wel weer naar de volgende. Ze zeiden dat ze het in overweging zouden nemen en uiteindelijk ben ik daar aangenomen voor €2200. Een heel normaal startsalaris voor iemand die net van het hbo komt.'

Was ze niet bang dat ze, door het vragen van zo'n veel te hoog bedrag, niet serieus genomen zou worden? 'Absoluut niet,' zegt Suzanne. 'Er wonen zeventien miljoen mensen in Nederland, het maakte mij niet zoveel uit dat er dan eventueel één iemand zou zijn die me niet serieus zou nemen.'

'Ik onthoud altijd dat er maar één iemand is die voor mij opkomt, en dat ben ikzelf,' zegt Madeleine van Schendel. 'Daarbij probeer ik in een onderhandeling altijd uit te zoeken wat het belang is van de ander. Luisteren is heel erg belangrijk. Je moet niet té hard zijn en alleen focussen op wat je zelf wilt bereiken. Je moet water bij de wijn kunnen doen. Denk van tevoren na over welke ruimte je hebt. Wat is je speelgeld en op welke manier kun je iemand tegemoetkomen?'

Anne van Laarhoven, Elisah Jacobs en Evelien de Vries zeggen alle drie dat het belangrijk is om een opdracht, samenwerking of dienstverband niet aan te gaan wanneer het bedrag onder jouw grens komt. 'Bedenk van tevoren waar je minimaal op uit wilt komen,' zegt Anne. 'Bepaal zelf je ondergrens. Kan een opdracht- of werkgever dat niet betalen? Bedank dan vriendelijk. Grote kans dat ze op een later moment alsnog terugkomen om je in te huren. Niet lager gaan dan jouw ondergrens geeft namelijk ook aan dat je jezelf op waarde weet te schatten.'

'Ook belangrijk: zet net even ietsje hoger in,' zegt Elisah. 'Houd een bedrag in gedachten waarop je wilt uitkomen en noem altijd eerst een hoger bedrag. Als je dat hogere krijgt, is het alleen maar mooi meegenomen. We hebben als vrouw vaak de behoefte om een heel verhaal op te hangen over waarom jij dit

Er is maar één iemand die voor mij opkomt en dat ben ikzelf

Madeleine van Schendel

ene tarief of salaris vraagt. Dat is nergens voor nodig. Je moet kort en bondig zijn: dit doe ik en dit vraag ik ervoor, punt. Wil iemand me ver onder mijn tarief betalen, dan houdt het op. Vaak komt iemand later wel weer terug.'

Volgens Evelien moet je benadrukken dat een samenwerking voor beide partijen een goede deal moet zijn. 'Stel voordat je een verkoopgesprek in gaat voor jezelf vast hoever je wilt gaan. Mochten ze een lager bedrag willen betalen, dan kun je best uitleggen waarom dat niet meer rendabel is,' zegt ze. 'Probeer ook te begrijpen hoe het vanuit de tegenpartij zit en kijk of je er samen uit kunt komen.'

'Je moet je trouwens vooral niet af laten leiden door de connotaties die hangen aan "onderhandelen",' vervolgt ze. 'Het klinkt altijd heel eng, maar het is gewoon een gesprek waarin je er samen uit wilt komen, een discussie over hoe je samen een bepaald doel kunt bereiken waar beide partijen blij van worden.' Nina zegt dat je het als een soort spel moet blijven zien. 'Neem het niet te serieus,' zegt ze. 'Wanneer iemand hard tegen me in gaat probeer ik dat niet persoonlijk op te vatten, maar meer te zien als onderdeel van het spel. De ander probeert het beste eruit te halen voor zichzelf, dat kan ik ook doen. Op die manier kan ik makkelijker dingen voor elkaar krijgen. Ik neem het luchtiger op, waardoor ik eerder durf te zeggen wat ik vind. Maar het blijft een dingetje voor iemand als ik die zich eigenlijk alleen bezig wil houden met mooie dingen maken. Je kunt de onderhandelingen soms ook aan iemand anders overlaten.'

Conclusie: wees niet te bang dat je niets gaat verdienen. Soms moet je investeringen doen – voor niets werken of een laag salaris accepteren – om verder te komen. Wil je jouw businessidee een kans geven? Zorg dan dat zolang daar nog geen geld uit komt, je met een bijbaantje of spaargeld je vaste lasten kunt blijven betalen. Ga na wat jij nodig hebt om van te kunnen leven en baseer daarop jouw uurtarief of bepaal daarmee welk salarisbod je kunt aannemen. O, en als het om onderhandelingen over geld gaat kun je een aantal regels onthouden: zet altijd wat hoger in, accepteer nóóit het eerste voorstel en neem het vooral niet te zwaar; het is een onderdeel van de *business game* die we samen spelen.

JE ZAAKJES OP ORDE

over je administratie en sparen

Op de twintigste van de maand krijg je je salaris, op de eerste wordt je huur afgeschreven en op de vijftiende je telefoonrekening. Ondertussen geef je iedere dag grote en kleine bedragen uit en heb je maar wat vaak het gevoel dat je liquide middelen tot *below zero* slinken zonder dat je er erg in hebt. En dan nog wat: die eeuwige strijd tussen de lange en de korte termijn. Koop je nu die mooie tas of bewaar je het geld voor later? Wat is verstandig? En hoe houd je in he-mels-naam overzicht?

'Plan structureel momenten in waarop je kijkt hoe je ervoor staat,' zegt Joëlla Opraus. 'Veel mensen kijken achteraf pas naar hun financiën, maar dan kun je er niets meer aan doen. Dan heb je altijd het gevoel dat het tegenvalt of dat het mis is gegaan. Je krijgt pas echt het gevoel dat je *in control* bent als je vooruit gaat plannen. Maak een overzicht van je inkomsten en uitgaven en blijf dat bijhouden.'

Maar wat als je niet iedere maand hetzelfde bedrag binnenkrijgt? 'Kijk naar wat je maandelijks minimaal binnenkrijgt, gebaseerd op het afgelopen jaar,' antwoordt Joëlla. 'Van dat minimum moet je eigenlijk je vaste lasten en noodzakelijke aankopen, zoals je boodschappen, kunnen betalen. Alles wat daarboven zit kun je sparen voor de andere maanden en besteden aan je doelen. Inclusief het doel om te genieten van het leven natuurlijk.'

Over sparen gesproken. In hoeverre is dat belangrijk? 'Het is altijd handig om wat achter de hand te hebben, maar sparen om het sparen is voor veel mensen niet motiverend,' zegt Nathalie van Wingerden. 'Stel concrete doelen. In de financiële *detox challenge* van How 2 Spend It adviseren we ook om minstens drie spaardoelen te hebben, waarmee je echt heel concreet maakt waar je voor spaart. Het kan bijvoorbeeld zijn dat je een buffer op wilt bouwen van €5000, ik noem maar wat. Kijk vervolgens naar het moment waarop je dat doel bereikt wilt hebben. Hoeveel moet je dan per maand wegleggen? Kan dat? Pols dan op vaste momenten of je nog op schema ligt.'

'Wat ook goed helpt is om het visueel te maken,' zegt Joëlla. 'Gaat jouw spaargeld straks naar een bruiloft of een vakantie? Wees zo concreet mogelijk. Je kunt dan bijvoorbeeld in een Excel-sheet met je spaaroverzicht – of op je koelkast – een foto van die vakantie of bruiloft plakken. Dan heb je er echt een voorstelling bij. Naast de spaardoelen waar je blij van wordt is die buffer echt belangrijk. Je wilt niet de zenuwen hoeven krijgen van iedere onverwachte factuur die op je deurmat ligt. Het geeft rust om te weten dat je altijd iets achter de hand hebt om onvoorziene dingen te kunnen betalen.'

Maar hoe bepaal je dan hoe groot die buffer moet zijn? 'Dat is voor iedereen anders,' zegt Nathalie. 'Afhankelijk van wat je verdient en hoe je situatie eruitziet. Je kunt bijvoorbeeld de bufferberekenaar van Nibud als voorbeeld gebruiken, maar laat je daar niet te veel door afschrikken. Begin met sparen wat je kunt missen, als is het maar tien euro per maand, en laat je niet ontmoedigen.'

'Ook wanneer ik een heel goede maand draai, betaal ik mezelf hetzelfde maandbedrag uit,' zegt Anne van Laarhoven. 'De rest blijft allemaal op mijn zakelijke rekening staan, voor wanneer ik een investering moet doen of een tegenvaller heb. Dit jaar heb ik voor het eerst een boekhouder ingeschakeld, dat kan ik echt iedere ondernemer aanraden. Het is heel rustgevend om je financiën uit handen te geven en te weten dat alles op orde is. Bovendien kan een goede boekhouder je ook adviseren over investerings- en belastingtechnisch slimme keuzes, dus de kosten hiervoor verdien je sowieso wel terug.'

Mariëlle Smit zweert ook bij een goede boekhouder. 'Die zijn er echt in alle prijsklassen, dus laat je vooral niet tegenhouden door het idee dat dat veel geld kost,' zegt Mariëlle. 'Een accountant weet van alle belastingvoordelen. En die zijn er veel, vooral voor starters. Het betaalt zich echt dubbel terug.'

Elisah Jacobs zegt dat als je net voor jezelf begint, of in loondienst werkt, je je uitgaven en inkomsten prima kunt bijhouden in een Excel-bestand. 'Mijn vriend had zo'n overzicht voor me in elkaar geknutseld, hij is daar heel goed in,' zegt ze. 'Hij had toen stiekem in de berekening 40% achtergehouden, zonder dat ik het wist, waardoor ik aan het einde van het jaar best wel veel overhad. Hij is heel erg van het sparen en ik geef alles uit, dus het was wel goed dat hij dat voor me had gedaan.'

Een tip van Elisah voor (startende) ondernemers: 'Plan één keer per maand of week een dagje om al je bonnetjes te verzamelen en in te voeren, zodat je niet last minute alles moet verzamelen voor je aangifte. Je moet het leuk voor jezelf maken. Koop een mooie doos waar je je bonnetjes in bewaart, zet de muziek hard aan en maak die administratie in orde.'

'Gebruik als het om geld gaat vooral je gezonde verstand,' wil Nathalie als laatste benadrukken. Het doet me denken aan een uitspraak van een oud-manager van mij, Kim van der Knaap (manager Designer-Vintage.com). Ze leerde me dat wanneer iets te mooi lijkt om waar te zijn, het dat negen van de tien keer ook is. Nathalie en Joëlla zijn het eens met die gedachte. 'Risico's nemen is niet verkeerd,' zegt Joëlla. 'Mits het met wijsheid gaat. Dus ergens zoveel geld in steken dat je – wanneer je het verliest – op straat staat, is niet zo handig. Dat klinkt misschien logisch, maar er zijn mensen die dat wel doen. Stel dat je wilt gaan beleggen, doe dat dan met een stukje van het geld dat je kunt missen. Voor investeren in je eigen of andermans bedrijf geldt hetzelfde.'

THE SECRET

een open en positieve houding

In dit een-na-laatste hoofdstuk wil ik nog iets belangrijks met je delen. Iets wat een aantal vrouwen die ik sprak mij hebben meegegeven, en wat ik zelf ook heb ervaren. Het gaat om twee dingen die je moet onthouden. Als eerste: *never assume*. Niets is wat het lijkt. 'We hebben de neiging om snel te oordelen,' zegt Jeranne Koekkoek. 'Wanneer iedereen zegt dat iets roze is, dan is het misschien echt roze, maar het zou ook zomaar rood kunnen zijn. Ik probeer me steeds minder te laten leiden door vooroordelen. Ook wanneer een van mijn werknemers iets negatiefs zegt over een collega probeer ik de situatie objectief te bekijken. Wat is er gebeurd en waar komt dat "negatieve" gedrag vandaan? Misschien heeft degene die bij mij aanklopte het gedrag van de ander wel verkeerd geïnterpreteerd.'

Lotte Brunninkhuis zegt ook: 'Ik oordeelde vroeger regelmatig te snel over iemand of een bepaalde situatie, maar ik ben erachter gekomen dat een open houding me verder brengt en meer energie geeft.'

Ten tweede: benader het leven positief. Nu denk je vast: *yeah right*, soms ziet alles er echt even niet zo rooskleurig uit. En natuurlijk, je mag balen en zelfs ontzettend verdrietig zijn wanneer je relatie uitgaat, je beste vriendin naar de andere kant van de wereld verhuist, een van je dierbaren overlijdt of wanneer je zelf erg ziek wordt. Maar in alle minder zware gevallen geloof ik echt dat een optimistische houding het geheim is achter geluk.

In het boek *The Secret* beschrijft de Australische Rhonda Byrne met behulp van '24 inspirerende leraren' de *Law of Attraction*, die stelt dat je aantrekt wat je uitstraalt. Of die theorie echt klopt weet ik niet, maar ik weet wel dat toen Marcelle Mudde me over dat boek vertelde, de gedachte erachter me ontzettend hielp. Ik blijf nu bijna altijd erg optimistisch en dat heeft me tot nu toe een hoop gebracht. Zeker in een face-to-facegesprek merkt degene tegenover je jouw positieve *mindset* op en wordt hij of zij daardoor – in negen van de tien gevallen – automatisch ook enthousiast.

'We vergeten vaak hoe bepalend de energie is die we uitstralen,' leerde Emilie Sobels toevallig in maart dit jaar, tijdens de Girlboss Rally van Sophia Amoruso in Los Angeles. 'Als mensen spiegelen we elkaar, dus als je zelf negatieve energie uitstraalt en alleen focust op de dingen die verkeerd gaan, dan haalt dat de positiviteit van anderen ook omlaag.'

'Een van de spreeksters op die conferentie, Gabby Bernstein, zei ook: "*The key is not to be bitching about what is going wrong, but infusing time and energy in what you can do*",' vertelt Emilie. 'Ik geloof zelf ook heel erg in focussen op het positieve, dat helpt je echt. Mijn goede vriendin Elza Wandler (oprichter van tassenmerk Atelier de l'Armée) riep in ons eerste studiejaar altijd: "*Visualising is realising*" en dat blijft me altijd bij.'

'Geluk komt van dankbaarheid,' antwoordt Marcelle wanneer ik haar vraag naar de belangrijkste levenslessen die ze tot nu toe geleerd heeft. 'Kijk naar

We vergeten vaak hoe bepalend de energie is die we uitstralen

Emilie Sobels

wat je al wél hebt bereikt, de mogelijkheden die je wél hebt en de liefde om je heen, in plaats van naar wat je niet hebt. Dat brengt je zoveel meer geluk. Als je ergens niet blij mee bent dan kun je daar in de meeste gevallen iets aan doen, vanuit een positieve gedachte dat je het gaat aanpakken. Kun je er niets aan veranderen, dan is het zaak dat je met de situatie om leert gaan, ook weer vanuit de positieve gedachte dat je er het beste van wilt maken.'

'Soms heb je het zo druk dat je alleen kunt klagen over hoe druk je bent en dat iedereen iets van je wil,' zegt Elisah Jacobs. 'Ik probeer echt te genieten van de kleine dingetjes. Als ik in de trein zit dan kijk ik altijd naar buiten en denk ik: wat is Nederland toch mooi. Dan voel ik me wel echt een miep, maar goed, het is belangrijk om niet te vergeten wat voor moois er om je heen gebeurt.'

Ook Ginny Ramkisoen zegt dat je je bewust moet zijn van wat je hebt en dat je dat moet waarderen. 'Dat heb ik moeten leren, ik was altijd naar links of naar rechts aan het kijken,' vertelt ze. 'Maar de tijd gaat uiteindelijk heel snel en als je niet stilstaat bij wat je eigenlijk voor fantastisch hebt dan is dat zonde.' Jeranne Koekkoek keek vroeger ook veel naar wat ze allemaal nog niet had. 'Toen ik nog geen vriend had dacht ik echt dat met een vriend alles zoveel leuker zou zijn,' vertelt ze. 'Maar nu weet ik: het gaat veel meer om je eigen geluk. Het is echt niet één persoon die jou gelukkig gaat maken. Als ik dat toen had geweten, was ik waarschijnlijk veel gelukkiger met mezelf geweest.'

'Het is vermoeiend om aan jezelf te twijfelen,' zegt Sanne Groot Koerkamp. 'Ik twijfel nog steeds aan honderd dingen maar ben toch tevreden met mezelf. Als je dat bent kun je veel helderder nadenken over leuke dingen en nieuwe ideeën, in plaats van dat je blijft hangen in datgene waar je niet blij mee of onzeker over bent.'

Tot voor kort dacht ik nog: wanneer je niet blij bent met hoe je leven eruitziet, is het niet zo makkelijk om dat ineens wel te zijn, tevreden. Iedereen kon wel honderd keer tegen me zeggen hoe goed ik eruitzag, hoe trots ze op me waren en hoe blij ik mocht zijn met alles wat ik had, zelf voelde ik het niet altijd. Voor mij was het nooit genoeg. Inmiddels weet ik dat het écht een kwestie van anders denken is. Alles wordt zoveel beter als je zelf maar besluit het positief te bekijken. Je krijgt veel meer voor elkaar en het geeft je de ruimte en energie om na te denken over nieuwe dingen die je wilt doen, waardoor je kunt groeien. Ik kan me voorstellen dat je me niet direct gelooft en het enige wat ik daarop kan zeggen is: probeer het uit. Dan praten we verder!

GEDULD EN VERTROUWEN

Babe, you got this.

De conclusie van dit boek? Die mag je zelf trekken. Alle vrouwen die ik sprak hebben immers andere ideeën en tips waar jij je wel of niet door kunt laten inspireren. Dat is aan jou. Ik hoop dat ik heb kunnen overbrengen wat dit project mij heeft bezorgd. Het besef dat al die succesverhalen ook hun negatieve kanten hebben. Dat ook de vrouwen die het in onze ogen 'gemaakt' hebben niet altijd precies hebben geweten wat ze wilden, fouten hebben gemaakt en tegenslagen hebben moeten verwerken. Dat ook zij het nog wel eens lastig vinden om alle ballen hoog te houden, onzeker zijn en niet alles weten. En vooral dat dat helemaal niet erg is.

Misschien nog wel het belangrijkste: het besef dat zolang je hard werkt, positief blijft, niet alles tegelijk doet en vooral ook niet alles in je eentje voor elkaar wilt krijgen, het wel goed komt. Want in bijna ieder interview dat ik voor dit boek deed, kwam 'heb geduld' en 'heb vertrouwen' naar voren.

'Maak je niet te veel zorgen, het komt wel goed,' antwoordt Milou Verbeke bijvoorbeeld op de vraag wat ze tegen haar twintigjarige zelf zou willen zeggen. 'Ik heb me héél veel zorgen gemaakt,' vertelt ze. 'Nu geef ik mezelf veel meer credit voor wat ik doe, dat deed ik toen niet. Als ik toen tegen mezelf had kunnen zeggen: doe je ding, ga voor je dromen en maak je vooral niet te veel zorgen over wat anderen van je vinden, was ik hoogstwaarschijnlijk nog veel gelukkiger geweest.'

Waren die zorgen over of het wel goed zou komen niet een basis voor de drive om heel hard te werken? Met andere woorden: zijn dat soort gedachten niet nodig om verder te komen? 'Zeker,' zegt Milou. 'Maar ik denk dat ik wel meer had mogen genieten. Ik mag mezelf eigenlijk gelukkig prijzen dat ik kan ondernemen. Niet dat het al die jaren van een leien dakje is gegaan, maar ik had wel meer stil mogen staan bij wat ik aan het doen was. Het begin van *F.A.L.L.* ging zo snel, het was een enorme *rollercoaster*. Ik ben toen met een soort tunnelvisie vooruitgegaan en ik heb niet echt genoten. Nu pas kan ik trots zijn op wat ik toen als meisje van 23 heb neergezet.'

'Wees vooral niet te ongeduldig,' zegt Elisah Jacobs. 'Ik zie om me heen veel mensen die te snel resultaat willen boeken, die stoppen wanneer het allemaal niet snel genoeg gaat. Maar ik ben ook al vijf jaar bezig met Interior Junkie en daar kan ik pas sinds een tijdje echt van leven. Dat heeft dus ook even geduurd. Je moet stilstaan bij wat je al wel bereikt hebt en jezelf daar ook voor complimenteren en belonen. Daarbij: sta open voor het avontuur en stap uit je comfortzone, dat is zo goed!'

Ginny Ramkisoen vindt dat je moet proberen jezelf een niet al te hoge druk op te leggen. 'Het loopt wel los, althans, dat is mijn ervaring,' zegt ze. 'Ik moet nog steeds leren om minder kritisch en hard voor mezelf te zijn en minder van mezelf te moeten. Je hoeft niet zoveel, doe maar een beetje rustig aan. Dan komt het allemaal wel goed.' Ook Eve Tomaszewski zegt dat ze wat relaxter zou mogen zijn. 'Op dit moment wil ik me continu bewijzen, vooral ten opzichte van mezelf, het zou me rust geven als ik dat wat minder had,' zegt ze.

'Maak je vooral niet te druk over of het wel goed komt en waar het allemaal naartoe gaat,' zegt Anne van Laarhoven. 'Ik geloof dat als je je gevoel volgt en hard werkt, je dan heel veel kunt bereiken. Jouw pad gaat zich vanzelf wel uitwijzen. Ik weet nog dat toen ik net afgestudeerd was, ik dat niet wilde horen. Ik voelde me kwetsbaar, want ik had nog helemaal geen financiële middelen om mezelf te onderhouden en moest mijn hoge vaste lasten opeens zelf gaan betalen terwijl er nog niets binnenkwam. Ik wist niet of bedrijven of opdrachtgevers wel op me zaten te wachten en ik wist niet waar ik precies goed in was. Dat maakte me erg onzeker, maar dat hoort er denk ik bij. Mensen konden wel tegen me zeggen: "het komt wel goed", "maak je niet druk", maar dat maakte geen verschil, ik voelde me nog steeds onzeker. Maar dat gevoel verdwijnt vanzelf naarmate de tijd verstrijkt en je meer ervaring opdoet.'

Nina Pierson: 'Het is de grootste uitdaging maar ook gelijk de sleutel tot geluk: vertrouwen. Je moet een ontzettend groot vertrouwen hebben in jezelf, het vertrouwen dat je het echt wel kunt. Maar heb ook vertrouwen in het leven en accepteer dat de dingen precies zo gebeuren als ze moeten gebeuren. Ja, juist ook de uitdagingen, want die vormen je tot wie je bent en zorgen er misschien voor dat een hoop ellende je in de toekomst bespaard blijft. Ik probeer het dagelijks als een soort mantra te blijven herhalen. Dan ga ik het vanzelf geloven.'

'Het begint bij goed voor jezelf zorgen, je vrienden en familie zien, je rust pakken en zorgen voor een stabiel inkomen,' zegt Hanna Verboom. 'De rest komt vanzelf. Als je de rust in je "basislaag" opbouwt dan kun je nadenken over je koers en naar je grote dromen toewerken. Je hebt nog je hele leven om van alles te bereiken, de "wortels" moeten eerst stevig in de grond zitten.'

Mijn conclusie? Dat gevoel van 'nu is alles goed' gaan jij en ik nooit krijgen. Maar veel is wel goed en dat is alles waard. Bovendien is er ontzettend veel mogelijk. Ook voor jou. Zeker als we elkaar daarbij helpen. Ondertussen mag je genieten van de weg daarnaartoe en je vooral laten verrassen door jouw unieke pad. Je mag daarbij fouten maken, om advies vragen, risico's nemen en af en toe onzeker zijn over de keuzes die je maakt, zolang je maar op jezelf blijft vertrouwen.

Vergeet vooral niet dat je niet per se een eigen bedrijf hoeft te beginnen om gelukkig te zijn, of pas succesvol bent als je een baan op hoog niveau weet binnen te slepen. Het gaat erom dat jij doet waar jij blij van wordt. Je mag absoluut nog heel vaak terugbladeren in dit boek om je opnieuw te laten inspireren. En je vooral door al die succesverhalen en ideaalbeelden op social media laten aanmoedigen om je eigen dromen waar te gaan maken. Onthoud: het gras aan de overkant lijkt altijd groener, maar dat is het niet altijd. Werk hard en wees kritisch maar niet te streng voor jezelf. Kijk vooral naar wat je al wél hebt en hebt bereikt. De rest komt vanzelf. Geloof me maar: *babe, you got this*.

DANKWOORD

Emilie Sobels

Het liefst zou ik je nu met vragen bestoken. Wat vond je ervan? Voel je je krachtig na het lezen? Ben je geïnspireerd? Gemotiveerd? En heb je zin om de handen uit de mouwen te steken? Of vond je het eigenlijk helemaal niks? Martje en ik willen het allemaal horen. Deel je mening of vragen met ons via babe@hashtagworkmode.com. We kijken ernaar uit!

Als afsluiter wil ik je graag nog een laatste keer meenemen in mijn wereld, die het afgelopen jaar grotendeels gedomineerd werd door *Babe, you got this.* Een wereld waarin ik erachter kwam dat het maken van een boek bijna net zo intensief is als het opzetten van een eigen bedrijf, ik mezelf goed tegenkwam door Martjes kritische vragen en waarin we beiden ontdekten dat ook onze rolmodellen lang niet alles zo goed voor elkaar hebben als het soms voor de buitenwereld lijkt. Wat een opluchting! En wat zijn wij allebei dankbaar dat deze vrouwen zo open en eerlijk hun verhaal wilden delen. Zonder hun inzet was dit boek er niet geweest. Ze deelden hun visie, hun dromen, idealen en hun grote fouten, zonder schroom. Ondanks overvolle agenda's vonden ze zelfs de tijd om speciaal voor *Babe, you got this.* op de foto te gaan. Met een team van tien ~~man~~ vrouw sterk schoten we in een bijzonder Amsterdams pand de fotoserie die je achterin vindt. Het was er ijskoud, want het pand, een oud schoolgebouw, werd op dat moment verbouwd tot moderne loftwoningen. Niemand klaagde. Hierbij daarom ook een speciaal bedankje aan onze fantastische fotografen Kee and Kee, ons stylingduo Ciska van Grootveld en Chantal Horsthuis en het visagieteam Fabiënne Jansen en Nikki van der Wijst. Daarnaast een woord van dank voor Purple Linings, de *creative studio* die de vormgeving van het totale boek op zich nam en onze wilde ideeën om wist te zetten naar een heus ontwerp (te bizar om de tekst van ons manuscript ineens in de vorm van een echt boek te zien).

Een speciaal woord van dank voor onze ouders, zowel die van mijzelf als die van Martje, die met leesbril en kritische rode pen keer op keer een nieuwe versie onder handen namen. Maar ook vriendjes, vriendinnen en vrienden, die telkens geboeid wisten te luisteren naar onze ideeën en vragen. Die ons hielpen om te focussen op dat wat écht belangrijk was om te vertellen en met de hand over hun hart streken wanneer wij weer een afspraak moesten verplaatsen: 'Dit is echt de allerlaatste deadline, echt, daarna ben ik weer gezellig.'

Met het risico om *supercheesy* over te komen, wil ik ook graag Martje bedanken. Een girlboss pur sang, die perfect aanvoelt wat er speelt bij jonge vrouwen van onze generatie. Die, zoals het een journalist betaamt, altijd een oneindige interesse in anderen tentoonspreidt, met haar tomeloze energie altijd doorgaat en geen moment klaagt. Een voorbeeld voor mij en voor vele anderen en ik hoop dat ik nog erg lang van haar aanwezigheid op de werkvloer mag genieten.

Dit boek is tot stand gekomen in samenwerking met met Uitgeverij Unieboek | Het Spectrum. Vanaf het allereerste gesprek waren we enthousiast over de bundeling van onze krachten. Gedurende het proces heeft de uitgever gemerkt dat Martje en ik heel precies wisten wat we wel en niet wilden. Met wat duw- en trekwerk en een engelengeduld van zowel Antje Bosscher als Willemijn Tillmans is het uiteindelijk gelukt om precies datgene te maken waar we allemaal zo gigantisch trots op zijn. Dank jullie wel voor de kritische blikken én jullie bemoedigende woorden. Ook dank aan Marit Hester en Janne Colenbrander, onze marketinghelden, het verkoopteam en alle andere kanjers bij Het Spectrum.

Tot slot wil ik graag alle girlbosses van Hashtag Workmode enorm bedanken. Vanaf het moment dat we onze deuren openden in 2015 hebben ze ons concept, en daarmee ook de totstandkoming van *Babe, you got this.* gesteund. Hun passie en ambitie laten zien dat er waanzinnig mooie dingen kunnen gebeuren wanneer vrouwen bij elkaar komen. En ook dit boek is daar het bewijs van: zo huren meerdere vrouwen die we geïnterviewd hebben een werkplek bij Hashtag Workmode, was ons fotoshootteam een samenstelling van huurders van de Brouwersgracht-locatie en werd de vormgeving van het boek en ons nieuwe onlineplatform door Purple Linings, ook een van onze huurders, gemaakt.

Wil jij je ook bij Hashtag Workmode aansluiten? Dat kan! Mail daarvoor naar hello@hashtagworkmode.com.

Nog geen genoeg van dit boek? Ga dan naar www.hashtagworkmode.com/babeyougotthis. Daar vind je extra informatie over de geïnterviewde vrouwen, zoals hun studiekeuzes en toekomstdromen, en nog veel meer inspirerende artikelen en interviews met andere girlbosses. Of ga zelf aan de slag met je dromen, ambities en talenten met *Babe, you got this. Het werkboek.*

Liefs, Emilie

LAAT JE INSPIREREN

de boeken, apps en must sees, genoemd in Babe, you got this.

- **Getting Things Done**, David Allen
- **Hard Things about Hard Things**, Ben Horowitz
- **Steal Like an Artist**, Austin Kleon
- **The Secret**, Rhonda Byrne
- **De kracht van kwetsbaarheid**, Brené Brown
- **De moed van imperfectie**, Brené Brown
- **Girlboss**, Sophia Amoruso
- **Wunderlist**, To-dolist & tasktool
- **Trello**, Projectmanagementtool
- **Asana**, Projectmanagementtool
- **Redbooth**, Project- en taakmanagementtool
- **The Commversation**, Kleinschalige events over de vrouwelijke psyche, www.jointhecommversation.com
- **TED Talk The Power of Vulnerability**, Brené Brown, www.ted.com/talks/brene_brown_on_vulnerability
- **Girlboss Rally talks**, www.girlboss.com/rally

Doe je ding en maak je vooral niet te veel zorgen over wat anderen van je vinden

Milou Verbeke

EMILIE SOBELS

Oprichter Hashtag Workmode

Emilie Sobels (29) bouwde tijdens haar studie aan het AMFI mee aan de lancering van Fashiolista, het grootste internationale onlinemodeplatform dat Nederland heeft gekend. Twee jaar geleden richtte ze Hashtag Workmode op, een coworking space voor ondernemende vrouwen.

Haar tijd bij Fashiolista was leerzaam, maar ook een enorme rollercoaster. Het ene moment zat Emilie in de collegebanken, het volgende kreeg ze een maand vrijaf om een wereldtour te maken langs verschillende internationale fashion weeks of zat ze op het hoofdkantoor van Michael Kors met hun marketingmanager te onderhandelen.

Zes jaar na de start van Fashiolista besloot Emilie haar zekerheid op te geven en aan iets nieuws te beginnen. Dat werd haar eigen onderneming: Hashtag Workmode. Een co-working space voor vrouwelijke ondernemers in de creatieve en digitale industrie. Vrouwen die van elkaar willen leren en elkaar willen supporten, met kennis en skills, maar ook met hun netwerk. Binnen twee weken na de opening van de eerste vestiging in Amsterdam waren alle plekken verhuurd en had Emilie haar nieuwe businessplan uitgedacht. Inmiddels telt Hashtag Workmode twee locaties in Amsterdam en één in Rotterdam.

Hashtag Workmode zorgt voor een inspirerend kantoor met must have basics zoals supersnelle wifi, comfortabele bureaustoelen, sterke koffie en verse thee. Plus, misschien nog wel belangrijker, een netwerk aan interessante vrouwen. Er heerst een open, ontspannen sfeer in een 'Instagrammable' setting. In samenwerking met haar huurders organiseert Emilie verschillende projecten en campagnes voor bekende mode-, beauty- en lifestylemerken. Een van haar grootste projecten afgelopen jaar: de creatie van dit boek.

@emiliesobels

MARTJE HAVERKAMP

Journalist, business developer en marketeer

Martje Haverkamp (23) werkt op dit moment als freelancejournalist, tekstschrijver, business developer en marketeer vanuit haar eigen bedrijf MARTJE. Ze komt uit Nunspeet, een dorp op de Veluwe, en verhuisde na haar middelbareschooltijd naar Amsterdam.

Tijdens haar studie liep Martje stage op de redactie van het blad Fashionista, waar ze mocht blijven als journalist. Ze maakte reportages, schreef coverstories en werd later ook blogger voor het onlineplatform. Vanuit Curaçao, waar ze voor haar minor verbleef, maakte ze artikelen voor de website. Daarnaast produceerde ze voor een consultancybureau op het eiland een boekje over de oude slavenhuisjes. Terug in Nederland kon ze aan de slag als stagiaire op de marketingafdeling van *Glamour* waarna ze de baan als Product Manager Fashion-Vintage.com aangeboden kreeg. Op het platform – het zusje van Designer-Vintage.com – verkochten *Glamour*-lezeressen kleding en accessoires of shopten ze uit de kasten van bekende bloggers, actrices, presentatrices en andere *it-girls*.

Martje organiseerde in februari 2016 Fashion-Vintage Live, een grote modemarkt waar lezeressen en meerdere BN'ers en bloggers hun items verkochten. Daaronder waren ook Emilie Sobels en een aantal van de bloggers die bij Hashtag Workmode een bureau huren. Toen het project Fashion-Vintage.com na een jaar ten einde liep, begon Martje aan een master Business Administration, om haar kennis te verdiepen en werkveld te verbreden. Naast haar studie werkt(e) ze onder andere voor filmplatform Cinetree en creatieve studio Purple Linings en schreef ze dit boek.

@martjehaverkamp

ELISAH JACOBS

Blogger Interior Junkie

Elisah Jacobs (32) is met haar blog Interior Junkie geen onbekende in de bloggerwereld. Ze huurt al bijna twee jaar een bureau op de 'Oudezijds', één van de Hashtag Workmode-locaties in Amsterdam. Samen met haar verloofde kocht ze onlangs een 'Interior Junkie-proof' huis in Haarlem.

Elisah wist in de derde klas van de middelbare school al dat ze journalistiek wilde studeren. En zo gezegd, zo gedaan. Na haar afstuderen begon ze bij de website Fashionscene als mode-redacteur. Daarna werkte ze onder andere voor *Glamour*, werd ze hoofdredacteur van de modenieuwssite ILoveFashionNews en werkte ze bij het pr-bureau Spice PR.

Toen haar contract bij Spice PR niet werd verlengd, kwam ze in de WW terecht. Ze greep de kans om voor zichzelf te beginnen en ging als freelancejournalist aan de slag. Na zes maanden startte ze Interior Junkie, een blog met content over interieur en lifestyle. Nu, vierenhalf jaar later, werkt Elisah fulltime aan Interior Junkie, heeft ze een team van contributors en verdient ze geld met het bloggen en vloggen over haar passie. Daarnaast werkt ze als interieurstylist voor verschillende opdrachtgevers.

Haar grootste project nu is de verbouwing én inrichting van haar droomhuis in Haarlem. In september trouwt ze met haar verloofde in Toscane. En met Elisah aan het roer, belooft het nu al de meest fotogenieke bruiloft van 2017 te worden.

www.interiorjunkie.com

MARIËLLE SMIT & LOTTE BRUNNINKHUIS

Oprichters Make My Event

Mariëlle Smit (27) startte op haar 21ste – samen met haar compagnon Lotte Brunninkhuis (29) – Make My Event, een full service staffing agency. Het bedrijf kent inmiddels een waardevol bestand van hoogopgeleide en representatieve jongens en meiden die Make My Event inzet voor uiteenlopende werkzaamheden.

Lotte begon op haar zeventiende aan een studie Rechten in Groningen, maar verhuisde na een jaar naar Amsterdam. Daar rondde ze Internationaal Strafrecht aan de Universiteit van Amsterdam af. Naast haar studie werkte ze veel: overdag als hostess, 's avonds in een restaurant en de volgende ochtend weer vroeg als model. Toen ze na haar studie als zzp'er aan de slag ging, beviel de daarbij komende onafhankelijkheid haar zo goed dat ze interesse kreeg om voor zichzelf te beginnen.

Mariëlle werkte naast haar studie, International Business and Languages aan de Hogeschool van Amsterdam, als hostess bij hetzelfde bureau als Lotte. Al vrij snel zagen ze dat er dingen beter konden. Communicatie, werkmentaliteit, uitstraling en prijs… Het was niet in verhouding en daarop konden ze inspelen. Het idee voor Make My Event ontstond en zonder een echt businessplan te schrijven, gingen ze ervoor. Ze schreven zich in bij de Kamer van Koophandel, openden een rekening en lieten visitekaartjes drukken.

Op datzelfde moment moest Mariëlle voor haar studie naar het buitenland. Ze koos voor Parijs, dicht bij huis voor als hun bedrijf zou gaan lopen. En dat ging sneller dan gedacht. Ze zat nog geen week in Frankrijk toen H&M op haar voicemail stond. Ze hadden hostesses nodig en gehoord van Make My Event. Al snel was hun site online en kwamen er veel inschrijvingen binnen van studenten die graag voor hen wilden werken. Inmiddels hebben ze op kantoor negen werknemers in dienst.

www.makemyevent.nl

MILOU VERBEKE

Oprichter Purple Linings, F.A.L.L. Magazine en The Commversation

Milou Verbeke (28) geeft F.A.L.L. Magazine uit, ontwikkelt concepten en websites met haar creative agency Purple Linings en organiseert lezingen met The Commversation.
Ze huurt een werkplek op de Oudezijds Achterburgwal-locatie van Hashtag Workmode.

Tijdens haar studie Literatuurwetenschap kwam al snel het idee van *F.A.L.L. Magazine*: een blad wat de vier pijlers mode, kunst, literatuur en lifestyle met elkaar verbindt. Milou diende haar plan in bij de bank, kreeg krediet en toen ging het snel: ze stopte met haar studie en stelde een team samen. Ook huurde ze een eigen kantoorruimte en nam iemand in dienst. Achteraf gezien was dat niet nodig, maar niemand kon haar tegenhouden. Ze had het idee dat iedereen langs de kant met rode vlaggen stond te zwaaien en zij alleen maar kon denken: jongens, zoek het uit.

In het begin ging het allemaal heel goed. Maar toen het eerste nummer verscheen viel Milou in een groot gat. Hoe moest ze geld verdienen? Ze had wel een businessmodel opgezet maar dat was on the way een beetje in het water gevallen.
Inmiddels is alles opgelost en heeft ze naast *F.A.L.L. Magazine* haar diensten in het websites bouwen (waaruit ze al sinds haar middelbareschooltijd bijverdiensten haalde) uitgebreid naar een nieuw bedrijf: Purple Linings. Met Purple Linings werkt ze met een team aan websites op maat en creëert ze de branding voor uiteenlopende bedrijven. Daarnaast organiseert ze met The Commversation lezingen voor vrouwen, waarbij gênante kwesties niet worden omzeild, maar juist uitgebuit zonder dat het vervelend of cliché wordt: intieme bijenkomsten over onderwerpen waar je met je vriendinnen aan de keukentafel ook over praat.

www.purplelinings.com

NEELIE KROES

Oud-politica en o.a. voorzitter adviesraad Uber

Neelie Kroes (75) is een bekende naam binnen de wereldpolitiek en wordt ook wel 'netwerkkoningin' en 'voorbeeldfeminist' genoemd. Ze was onder andere minister van Verkeer en Waterstaat, Europees commissaris voor mededinging en Europees commissaris voor de digitale agenda. Ze ontving verschillende onderscheidingen.

Neelie Kroes groeide op in de gebombardeerde stad Rotterdam en werd erg vroeg geconfronteerd met de consequenties van oorlog. Haar grootste vraag, 'Waarom is er oorlog?', kwam terug in haar studie Economie. Ze specialiseerde zich op het gebied van internationale economische betrekkingen. In die tijd ontwikkelde ze een grote interesse voor Europa. In de jaren vijftig namen de zes starters van de Europese gemeenschap, de voorloper van de Europese Unie, het besluit om nooit meer oorlog te voeren. Samen wilden ze *endorsen* dat er welvaart zou zijn voor iedereen en daarmee geen aanleiding meer om oorlog te voeren. Daar werd ze door gegrepen.

Toen ze afstudeerde zat Neelie Kroes vol ambitie. Ze wilde naar het buitenland maar deed dat niet omdat 'de prins op het witte paard' langskwam. Ze werd wetenschappelijk medewerker aan de Erasmus Universiteit en combineerde dat met een hoop andere activiteiten, werd het eerste vrouwelijke bestuurslid van de Kamer van Koophandel en zat in de gemeenteraad van Rotterdam. In 1971 werd ze voor de VVD gekozen in de Tweede Kamer, later werd ze staatssecretaris van verkeerszaken en minister van Verkeer en Waterstaat.

Van 2004 tot 2014 was ze eerst Europees commissaris voor mededinging en daarna voor de digitale agenda. Nu is ze voorzitter van de beleidsadviesraad van Uber, *board member* bij software leverancier Salesforce en adviseur bij de *Bank of America Merrill Lynch.*

ANNE VAN LAARHOVEN

Copywriter en Brand Consultant Annecdote

Anne van Laarhoven (29) schreef vijf jaar geleden haar bedrijf Annecdote in bij de Kamer van Koophandel. Ze helpt merken onder andere met copywriting en branding en geeft persoonlijk advies op het gebied van online visibility. Ze huurt een werkplek op de Hashtag Workmode-locatie aan de Brouwersgracht.

Al op jonge leeftijd was Anne veel bezig met taal. Begrijpend lezen was één van haar favoriete vakken op school, maar omdat het zo'n natuurlijke interesse was, zag ze het niet direct als iets waar ze mee verder wilde. Dat kwam pas later, toen ze tijdens haar studie Communicatie in Eindhoven vakken als creatief schrijven kreeg. Omdat ze graag naar Amsterdam wilde verhuizen, ging ze na een jaar Communicatie verder met de studie Media, Informatie en Communicatie aan de Hogeschool van Amsterdam.

Via haar afstudeerstage bij de website Fashionchick.nl kwam Anne in contact met haar eerste opdrachtgever. Van daaruit bouwde ze haar bedrijf verder uit. In eerste instantie profileerde ze zichzelf als tekstschrijver, maar al snel kwam ze erachter dat ze veel meer te bieden had dan enkel het schrijven van teksten. Ze besloot haar diensten uit te breiden. Met Annecdote verbindt ze nu mode- en lifestylemerken met hun doelgroep. De ene keer door middel van content of een creatief concept en een andere keer juist door advies te geven. Zo kan het zijn dat ze de ene dag een modeontwerper aan het interviewen is voor FashionWeek Amsterdam, terwijl ze op een andere dag een merkstrategie schrijft voor een nieuw Russisch make-upmerk.

@annemanne

MADRI VAN VELDHUIZEN

Oprichter Photoautomat Amsterdam en distributeur Lomography Benelux

Madri van Veldhuizen (33) runt twee bedrijven: een agentschap voor het cameramerk Lomography en Photoautomat Amsterdam. Dat alles combineert ze met haar gezinsleven in Rotterdam. Samen met haar man heeft ze een zoontje van drie. Ze huurt een werkplek bij Hashtag Workmode op de Brouwersgracht.

Na haar afstuderen kon Madri als administratief en financieel medewerker aan de slag bij Fu Works.

Op haar 25ste besloot ze aan een master Communicatiewetenschappen te beginnen. Die studie maakte ze niet af omdat ze een baan kreeg bij een bedrijf waarvoor ze een tv-programma over videogames mocht produceren. Daarnaast produceerde ze ook games voor het Belgische Studio 100.

Vanuit haar liefde voor analoge fotografie kwam ze in aanraking met het cameramerk Lomography. Toen ze daar iemand zochten om het merk in de Benelux op te zetten solliciteerde Madri direct. In 2011 opende ze de eerste winkel van de Benelux in De 9 Straatjes in Amsterdam, in 2012 kwam daar een winkel in Antwerpen bij. Madri begon als directeur in de Benelux, maar nam op den duur samen met haar man de winkels over. In 2015 moesten ze echter de beslissing nemen om de winkels te sluiten en de verkoop voort te zetten als groothandelaar en via de onlineshop. Haar man stapte uit het bedrijf en Madri vond een nieuwe compagnon in Anna Meijer, die al langere tijd werkzaam was voor Lomography. In datzelfde jaar startte Madri ook haar andere bedrijf, Photoautomat Amsterdam, waarmee ze vintage analoge fotohokjes uit de jaren zestig restaureert en op hotspots in Amsterdam neerzet. Momenteel hebben ze vier fotohokjes en kijken ze ernaar uit het bedrijf verder uit te breiden.

@photoautomat_amsterdam

MARCELLE MUDDE

Eigenaar Label Orange Agency en oprichter The Winery

Marcelle Mudde (30) ging vorig jaar haar grote droom achterna: wonen en werken in Kaapstad. Daar runt ze samen met haar vriend Label Orange Agency en The Winery.

Tijdens haar studie kwam Marcelle via haar stage op de marketingafdeling van *ELLE*, bij *ELLE Decoration* in Kaapstad terecht. De liefde die ze voor de stad ontwikkelde beschreef ze op een blog, die de toenmalige marketingmanager van *ELLE* inspireerde naar Kaapstad te emigreren. Daar zette ze Label Orange Agency op, een allround marketingbureau dat Nederlandse merken als de Restaurant Week vertegenwoordigt in Zuid-Afrika. Terug in Nederland kon Marcelle naast haar studie aan de slag als databas-emarketingmedewerker bij *ELLE*. Na anderhalf jaar kreeg ze de baan van Junior Brand Manager bij *Glamour*. Ze bouwde het evenement National Glamour Day uit tot een verdienmodel voor *Glamour* en lanceerde de online Glamour Concept Store, maar haar gedachten bleven vaak afdwalen naar Kaapstad. Ze overtuigde haar vriend van het fantastische leven daar en begon in 2015 haar emigratieplannen te verspreiden.

Toevallig wilden de founders van Label Orange Agency hun avontuur in Zuid-Afrika afsluiten. Marcelle en haar vriend mochten het bedrijf overnemen, maar dat bleek makkelijker gezegd dan gedaan. Het kostte hen een jaar om het visum rond te krijgen en genoeg geld te sparen. Begin 2016 verhuisden ze naar Kaapstad en in mei werden ze officieel eigenaar van Label Orange Agency. Onlangs lanceerden ze het nieuwe concept The Winery, een onlineplatform waar alle wineries in kaart worden gebracht en waar locals en toeristen hun winery-ervaringen kunnen delen.

www.labelorange.com

MARLOES POMP

Projectleider, oprichter Rewear en eigenaar Zodiac Jewelry

Marloes Pomp (37) is actief binnen zowel de overheid als de techwereld, zette kledingdeelplatform Rewear op én beheert een eigen sieradenlabel Zodiac Jewelry. Met nieuwe technologieën probeert ze maatschappelijke vraagstukken op te lossen.

Op haar 23ste studeerde Marloes af als psycholoog. Ze trouwde op de dag dat ze haar bul kreeg. Op haar 24ste kreeg ze haar eerste kind, op haar 25ste direct haar tweede. Ze wilde niet fulltime buitenshuis werken en is daarom thuis een promotieonderzoek naar deugden gaan doen, naast een parttimebaan bij een adviesbureau in Groningen. Op een gegeven moment vroeg de strategische kennisafdeling van Binnenlandse Zaken of ze haar onderzoek wilde komen presenteren. Na afloop kreeg ze een baan als strateeg aangeboden. Ze verhuisde met haar gezin naar Amsterdam en ging fulltime werken.

www.rewear.co

Na zo'n anderhalf jaar kreeg ze de kans om een project voor het moderniseren van de overheid aan te sturen.

Na dat project nam ze ontslag en begon ze voor zichzelf. Vanuit haar bedrijf Digital Action werkt ze nu nog steeds aan mooie projecten zoals het moderniseren van handelsmissies. Daarnaast neemt ze door het geven van ICT-masterclasses topambtenaren mee in alle nieuwe technologische ontwikkelingen. Twee jaar geleden startte ze Rewear, een platform waarop modeliefhebbers kleding met elkaar kunnen delen. Omdat ze weinig van de modewereld wist, kocht ze om daar meer over te leren een sieradenlabel, Zodiac Jewelry. Tot slot heeft ze samen met twee jongens een start-up die apps maakt. Daarmee bouwde ze onlangs een app voor laaggeletterden. Nu zijn ze bezig met een app die vakmannen aan klusjes matcht voor woningbouwcorporaties of zakelijke verhuurders.

JERANNE KOEKKOEK

VP Human Resources TravelBird

Jeranne Koekkoek (29) is VP Human Resources bij onlinereisorganisatie TravelBird. Na haar studie Human Resource Management vertrok ze voor een jaar naar Australië. Terug in Nederland kon ze bij Stage Entertainment (Joop van den Ende Theater Producties) aan de slag als recruiter.

Twee jaar na haar functie bij Stage Entertainment, ging Jeranne opnieuw naar Sydney, waar ze een hr/recruitmentfunctie binnen een hotelketen kreeg. Ze was er graag gebleven maar kreeg geen werkvisum, dus moest na een halfjaar terug naar Amsterdam.

Via haar netwerk op LinkedIn ontdekte ze TravelBird, een typische start-up: een georganiseerde chaos, zestig man die in één ruimte werkten en overal discoballen en vogelkooien. Ze kreeg de mogelijkheid om het hr-gedeelte *from scratch* op te zetten. TravelBird kreeg een eerste grote investering en wilde de buitenlandse markt gaan verkennen in maar liefst dertien landen. In haar eentje nam Jeranne in de eerste paar maanden, voor het kantoor in Amsterdam, tweehonderdzestig man aan. De focus was maximaal groeien. Het aantal werknemers liep algauw op tot twee-, drie- en vierhonderd. Ook het hr-team groeide mee onder Jerannes leiding. Twee jaar later bereikte TravelBird met zevenhonderd werknemers de hoogste piek. Maar zoals ieder startend bedrijf kende ook TravelBird *struggles*: ze moesten focussen en besluiten om een gedeelte van de werknemers te laten gaan. Dat was natuurlijk enorm pijnlijk, maar met het oog op de toekomst wel een wijze beslissing. Het gaat met TravelBird nu beter dan ooit. Inmiddels is Jeranne benoemd tot Head of Recruitment en in mei 2015 hebben de oprichters, twee Nederlandse mannen, gevraagd of ze in het managementteam wilde komen om vanuit hr-oogpunt mee te denken.

www.travelbird.com

Baby

SANNE GROOT KOERKAMP

Hoofdredacteur LINDA.Meiden en adjunct-hoofdredacteur LINDA.

Sanne Groot Koerkamp (35) is hoofdredacteur van LINDA. Meiden en adjunct-hoofdredacteur van LINDA. In 2015 won ze tijdens de Mercur awards - de Nederlandse Oscars in bladenland - de titel 'Hoofdredacteur van het Jaar', toen nog als hoofdredacteur van Glamour.

Tijdens haar studie Journalistiek werkte Sanne als freelancer bij daklozenkrant *Het Straatnieuws*. In 2004 kwam haar grote droom uit: ze werd als redacteur aangenomen bij weekblad *Nieuwe Revu*. Toen ze 21 was, maakte ze een drieluik over het uitgaansleven van jongeren in oorlogsgebieden, waarvoor ze afreisde naar Afghanistan, Kasjmir, Libanon en Israël. Bij terugkomst schreef ze een boek over de radicalisering van jongeren en werkte ze als redacteur aan een documentaire van Katja Schuurman over de moord op Theo van Gogh.
Algauw kreeg Sanne de ambitie om hoofdredacteur te worden. Ze zegde haar baan bij *Nieuwe Revu* op en kon aan de slag als hoofdredacteur van *Spunk*, een platform voor jonge schrijvers. Dat bleek geen match. Na vijf maanden ging ze verder als freelancer voor onder andere het *Financieele Dagblad*, *Viva* en *BNR Nieuwsradio*. Daarna werd ze gevraagd om parttime bij *GREEN.2* te komen werken, een lifestyleblad over duurzaam leven. Binnen een halfjaar werd ze hoofdredacteur, maar helaas moest het blad onverwacht stoppen. Gelukkig kwam de herkansing als hoofdredacteur van modevakbladen *Textilia*, *Schoenvisie* en *Bengels*. Daarnaast runde Sanne haar eigen tekstproductiebedrijfje Queens of Content waarmee ze samen met vijftien jonge vrouwen teksten produceerde. Drieënhalf jaar later begon ze als hoofdredacteur bij *Glamour* en zette ze het blad weer flink op de kaart. Begin dit jaar startte ze bij *LINDA*.

@sannekoerkamp

NICOLE HUISMAN

Stylist en creative

Nicole Huisman (28) begon twee jaar geleden voor zichzelf als freelancestylist. Ze woont samen met haar vriend in Amsterdam. Met 47.000 volgers op Instagram is haar naam inmiddels ook buiten het werkveld bekend. Dagelijks deelt ze inspirerende foto's met haar volgers.

In het vierde jaar van haar studie Fashion & Branding aan het Amsterdam Fashion Institute kon Nicole stage lopen bij *ELLE*, als assistent van de moderedactie. Ze ondersteunde verschillende moderedacteuren en freelancestylisten. Na haar stage kreeg ze een baan als Junior Fashion Editor aangeboden. Vijf jaar lang werkte ze met enorm veel plezier bij het modetijdschrift en leerde ze veel. Twee jaar geleden begon het bij Nicole te kriebelen om meer de breedte in te gaan en meer haar eigen ding te gaan doen. Nu werkt ze als freelancestylist en creative voor bladen als *Glamour*, *Vogue* en *L'Officiel*, onlineplatforms als intoit-magazine.com en nationale en internationale merken als De Bijenkorf, Tommy Hilfiger en Marie Stella Maris. Daarnaast werkt ze samen met mensen en merken, zoals Zalando, Amatør en MiH Jeans aan creatieve projecten waarbij ze haar eigen Instagrampagina als platform gebruikt. Ze heeft spannende plannen omtrent televisie, gaat meer aan de slag met video en regisseren en volgt ter inspiratie een opleiding tot make-upartist.

@nicole_huisman

NINA PIERSON

Oprichter BEDROCK, SLA en PUP

Nina Pierson (31) is oprichter en mede-eigenaar van meerdere bedrijven. Samen met haar man en dochter Ella woont ze in Amsterdam. Tijdens het schrijven van haar scriptie voor de duale master Journalistiek begon ze creatief bureau PUP.

Tijdens het uitgaan miste Nina diepgang op cultureel vlak. Je kon naar een museum of naar een voorstelling, maar naar haar idee was uitgaan nooit veel meer dan drankjes drinken. Samen met haar vriendin Annemiek Gerrevink (nu co-founder & Commercial Director van PUP) organiseerde ze een simpele avond waarop kunstenaars hun werk konden laten zien. Vlak daarna hun eerste echte event in de Stadsschouwburg. Het balletje ging rollen. Ze konden fulltime aan PUP gaan werken en het bedrijf laten groeien.

Inmiddels heeft Nina haar aandelen in PUP volledig overgedragen aan haar compagnon Annemarie. In 2013 zette Nina samen met haar man Jop de saladebarketen SLA op (waar Jop de grote baas is en de zaak fulltime runt) en vorig jaar lanceerde ze in samenwerking met uitgever Wayne Parker Kent het onlinemagazine BEDROCK. Met alles wat ze doet wil ze bijdragen aan haar brede ideaal om zoveel mogelijk mensen te inspireren goed om te gaan met zichzelf en de wereld waarin we leven. Ze werkt onder andere samen met Josephine Kay (adjunct-hoofdredacteur BEDROCK) aan *Het BEDROCK Boek:* een praktische gids voor een idealistisch leven. Verder wil ze met BEDROCK verschillende projecten opzetten zoals een e-cursus en retreats, de onlinemeditatiedatabase uitbouwen en ook bij SLA betrokken blijven. Naast dat alles wil ze bovendien genoeg tijd hebben voor haar dochter, haar man en zichzelf. Want uiteindelijk is dat toch wel waar het leven om draait, vindt ze: de liefde.

@ninapierson

HANNA VERBOOM

Actrice, oprichter Cinetree en Get It Done

Hanna Verboom (34) zette drie jaar geleden haar carrière als actrice on hold om zich volledig te kunnen focussen op haar eigen start-up: filmplatform Cinetree. Daarnaast organiseert ze met haar online crowdfundingplatform Get It Done al jaren projecten en doet ze af en toe nog presentatie-, acteer- of modellenklussen.

Als dochter van ontwikkelingswerkers woonde Hanna tot haar twaalfde in Kenia en Uganda. Nadat ze haar vwo in Nederland had afgerond, ging ze op wereldreis. Bij thuiskomst begon ze aan de studies Filosofie en Economie en sloot ze zich aan bij toneelgroep STA Amsterdam. Via een modellenklusje kwam ze terecht bij de auditie van Kemna voor de film *Snowfever.* Ze kreeg de hoofdrol en vanaf dat moment ging het snel met haar carrière als actrice. Een jaar later speelde ze in de Amerikaanse film *Deuce Bigalow: European Gigolo*, die opgenomen werd in Nederland. Daarna volgden er een aantal films en series als *De Co-assistent* en *Feuten.* Ze sprak stemmen in, deed presentatieklussen en mocht meedoen aan verschillende tv-programma's. Haar studies moesten ervoor wijken.

Vanaf het begin van haar acteercarrière was ze zich ervan bewust dat haar werk mogelijk deuren voor haar andere passies kon openen. Haar droom om zelf verhalen te maken, het gedeelte achter de schermen, leidde tot de start van Cinetree. Op dit filmplatform toont ze, samen met een groep van curators, iedere week een selectie van films en documentaires met een goed verhaal. Het snel groeiende filmplatform heeft inmiddels een loyale community van duizenden leden die iedere maand tien films aangeraden krijgen. Sinds begin dit jaar kun je er ook losse films huren.

www.cinetree.nl

mi

EVE TOMASZEWSKI

Oprichter The Goaldiggers Club en freelanceredacteur

Eve Tomaszewski (29) heeft als freelanceredacteur en oprichter van The Goaldiggers Club haar naam in de mode- en tijdschriftenwereld flink gevestigd. Ze interviewde ontwerpers als Tommy Hilfiger, Isabel Marant en Paul Smith en mocht drie keer de Victoria's Secret-show bijwonen.

Tijdens haar studie had Eve baantjes die aansloten bij haar studierichting Redactie & Mediaproductie. Zo was ze onder andere redacteur voor de *Techxx World*, een informatieve krant die de gebruikersverhalen van een ICT-bedrijf deelde. Ze liep stage bij *Marie Claire* en voor haar afstuderen assisteerde ze styliste Venus Waterman. Later deed ze een opleiding Fashion Styling op Another Academy. Na haar afstuderen begon ze bij Fashionscene.nl. Al snel kwam de functie van hoofdredacteur vrij en greep Eve haar kans om deze te vervullen. Daarnaast werkte ze voor het tijdschrift *Avant Garde* waarvoor ze grote interviews deed met onder andere Olcay Gulsen, Tony Cohen en Jan Taminiau. Vijf jaar geleden vertrok ze naar New York, waar ze drie maanden meedraaide in de *fashion closet* van *Vanity Fair*. Daarna kon ze in Nederland aan de slag als fashion features editor bij *Grazia*.

Sinds tweeënhalf jaar werkt ze als freelancer. Ze maakt artikelen en doet interviews voor bladen als *Grazia*, *ELLE*, *L'officiel*, *LINDA.Meide*n en *Cosmopolitan*. In oktober 2015 richtte ze The Goaldiggers Club op. Op het onlineplatform en tijdens events deelt ze de inspirerende verhalen, tips en tricks van succesvolle vrouwen en *empowering content* op carrièregebied.

www.thegoaldiggersclub.com

GINNY RAMKISOEN

Oprichter Vacature Via Ginny

Ginny Ramkisoen (32) is oprichter van onlineplatform Vacature Via Ginny. Dat runde ze lange tijd naast haar werk in de muziekindustrie, totdat ze besloot om alle focus op haar platform te richten.

Na haar studie Mode, Handel & Styling ging Ginny aan de slag in een winkel van WE. Daarnaast deed ze stylingklusjes en werkte ze als kleedster op een set, maar daar voelde ze zich niet thuis. Ze besloot vrijwillig stage te gaan lopen bij vrienden met een eventorganisatie en rolde zo de muziek- en entertainmentindustrie in. Ze deed stagemanagement en werkte lang bij een artiestenmanagementbureau. Daarnaast werkte ze bij een pr-bureau voor dj's en uiteindelijk als labelmanager bij een platenlabel, een baan waar ze al jaren van droomde.

Ondertussen bleef haar netwerk groeien. Ze hoorde vaak van vrienden dat ze op zoek waren naar een nieuwe baan en sprak ook veel mensen die een vacature open hadden staan. Op die manier koppelde ze wel eens vrienden aan een leuke functie. Toen er steeds meer mensen naar haar toe kwamen met dat soort vragen en ze het niet meer bij kon houden, maakte ze een Facebook-pagina aan. Via die weg kon ze de vacatures waarvan ze hoorde, delen met haar vrienden die een baan zochten. Ze flanste naar eigen zeggen een simpel logootje in elkaar en noemde het Vacature Via Ginny. Al snel groeide het aantal Facebook-volgers, wisten steeds meer bedrijven Ginny te vinden en kreeg ze betaald voor het plaatsen van de vacatures. Tweeënhalf jaar geleden besloot ze haar baan op te zeggen en samen met twee compagnons vol voor haar bedrijf – inmiddels met website – Vacature Via Ginny te gaan.

www.vacatureviaginny.nl

SUZANNE BERINGS

Manager Operations Support Booking.com

Suzanne Berings (34) heeft als Manager Operations Support bij Booking.com de leiding over meer dan zestig werknemers. Haar team verzorgt alle operationele ondersteuning voor zowel het hoofdkantoor als voor alle lokale kantoren wereldwijd. Een deel van haar teams is verspreid over Amerika en Azië.

Tijdens haar studie deed Suzanne twee traineeships bij hotels in het buitenland. Na haar afstuderen koos ze er bewust voor om niet in de hospitality verder te gaan maar om met een technisch product te gaan werken, weliswaar gerelateerd aan de hospitality. Dat werd Swisscom, een bedrijf dat internetdiensten levert aan de hotellerie. Daarna werkte ze als implementation manager bij Micros Fidelio, een bedrijf dat software voor de hospitality-industrie levert. Ze leidde de implementatie van een nieuw softwaresysteem bij ProRail en was een tijdje senior accountmanager bij de start-up Flogs.com, een agenda-synchronisatieplatform.

Vóórdat ze bij Booking.com aan de slag ging werkte Suzanne bij de RAI. Daar was ze als Business Development Manager verantwoordelijk voor de commerciële verhuur van de locatie. In 2012 organiseerde ze de Booking Annual Meeting. In die tijd kwam ze veel bij Booking.com over de vloer en voelde zich daar zo thuis dat ze solliciteerde naar een baan waarmee ze een stap in salaris en functieniveau terug deed.

Sinds juli 2016 is ze als Manager Operations Support verantwoordelijk voor alle operationele teams op het hoofdkantoor van Booking.com, die weer onderdeel zijn van één van de grootste afdelingen binnen het bedrijf: Partner Services. Deze afdeling onderhoudt en ontwikkelt al het contact met de accommodaties die zijn aangesloten bij Booking.com.

www.booking.com

MADELEINE VAN SCHENDEL

Oprichter Mister SAM

Madeleine van Schendel (35) groeide als enig kind op in een klein dorpje in Zuid-Limburg. Tot grote frustratie van haar ouders was ze met van alles bezig behalve met school. Voor haar tiende verjaardag kreeg ze van haar vader haar eerste single, Africa van Toto. In 2014 startte ze haar eigen marketingcontent-bureau gespecialiseerd in muziek, Mister SAM.

Een paar jaar geleden werkte Madeleine nog als Marketing & Strategy Director voor onder andere Radio 538. Daar merkte ze dat er een verschuiving plaatsvond van regulier adverteren naar het maken van branded content. Denk aan het weggeven van festivaltickets in de radioshow van Edwin Evers. Ook daalden de luistercijfers flink, want mensen luisteren – en kijken – tegenwoordig wanneer ze daar zelf zin in hebben. On demand en online, en niet meer rechtstreeks naar een radio- of tv-programma. Madeleine bedacht dat het merken eerder zou lukken om jongeren te bereiken met eigen content dan met advertenties. Ze zei haar baan op en begon Mister SAM.

Met haar bedrijf, een contentmarketing-bureau gespecialiseerd in muziek, brengt ze merken en artiesten of muziekevents samen. Daarvoor maakt ze videocontent in de vorm van een serie, een videoclip of een tv-programma. De activiteiten lopen erg uiteen, maar hebben altijd met muziek te maken. Daarmee onderscheidt ze zich van andere contentmarketingbureaus. Mister SAM is bekend van concepten als Music State (KPN) en partnerships met onder andere New York Pizza en Uber. Vlak voordat *Babe, you got this.* naar de drukker ging werd Mister SAM overgenomen door internationaal mediabedrijf GroupM en staat Madeleine aan het begin van een grote uitbouw en internationalisering van het bedrijf dat ze ooit als start-up begon.

www.mistersam.nl

NATHALIE VAN WINGERDEN & JOËLLA OPRAUS

Oprichters How 2 Spend It

Nathalie van Wingerden (34) en Joëlla Opraus (33) begonnen bijna vijf jaar geleden How 2 Spend It, een platform waarop je alles kunt vinden over geldzaken. Ze huren een werkplek bij Hashtag Workmode in Rotterdam.

Nathalie deed een master Genderstudies, waarna ze bij verschillende overheden werkte. In haar werkzaamheden hield ze zich altijd bezig met thema's die te maken hadden met emancipatie. Op een gegeven moment kreeg ze de kans om bij E-Quality aan de slag te gaan, een kenniscentrum op dit gebied. Daar hield ze zich bezig met vrouwen en geld. Joëlla werkte voor banken en rolde later de schuldbemiddeling in. Uiteindelijk startte ze een eigen bedrijf dat mensen met financiële problemen hielp om daar weer uit te komen en anderen opleidde om datzelfde te kunnen doen. Joëlla en Nathalie ontmoetten elkaar op een event dat Nathalie organiseerde voor haar toenmalige werk. Het klikte meteen. Ze spraken over vrouwen en geld, en het gebrek aan een website hierover die hen aansprak. Alles werd saai en ingewikkeld gebracht. Ze begonnen How 2 Spend It als hobby. Zonder budget, met een zelf in elkaar geknutselde website. Algauw werden ze benaderd door Cosmopolitan, waar ze daarna een paar jaar voor schreven. Met het geld dat die rubriek opleverde, lieten ze een professionelere site bouwen. Algauw kwamen er meer opdrachten binnen van onder andere Nationale Nederlanden en het ministerie van OC&W. Na een professionaliseringsslag is How 2 Spend It inmiddels uitgegroeid tot een drukbezocht platform. Je vindt er blogs over geldgerelateerde onderwerpen, video's en e-learning. Daarnaast lanceerden Joëlla en Nathalie twee apps, organiseren ze workshops en gaven ze onlangs hun eerste boek De Financiële Detox uit.

www.how2spendit.nl

EVELIEN DE VRIES

Oprichter MDV Distribution

Op haar 21ste richtte Evelien de Vries (26) MDV (Marketing and Distribution Ventures) op. Inmiddels importeert ze haar- en beautymerken vanuit de hele wereld en verkoopt dat aan grote Europese winkelketens als Etos, Douglas en Sephora. Daarnaast heeft MDV ook een adviestak en werkt ze als consultant voor merken als Beautyblender.

Toen Evelien tijdens haar studie, Frans en Arabisch in Engeland, van een vriendin een innovatief haarproduct kreeg, veranderde alles. Ze liet het product aan haar kapper zien en die vertelde dat het nog niet in Nederland verkrijgbaar was. Al snel ontstond het idee om het dan zelf te importeren. Ze ging naar de Kamer van Koophandel en runde tijdens haar studie haar gloednieuwe bedrijf. Een enorm spannende tijd, zonder ervaring of geld. Van maandag tot en met woensdag studeerde ze in Engeland, en op donderdag en vrijdag croste ze door Nederland om met haar producten langs kapperszaken te gaan. Vanaf het moment dat ze haar eerste product voor retailers als Douglas importeerde, ging het snel. Ze tekende contracten met internationale merken en zette in 2016 de Europese groei in. Sinds begin dit jaar heeft MDV ook een kantoor in Duitsland. Al vanaf dag één maakt het bedrijf winst en ieder jaar groeit het met meer dan tachtig procent. Wat ooit begon als een klein Nederlands bedrijf van een jonge twintiger, is nu uitgegroeid tot een Europees miljoenenbedrijf.

www.mdveurope.com

WENDY BOGERS

Oprichter Ligo

Wendy Bogers (33) zette twee jaar geleden Ligo op: een onlineplatform voor het maken en automatiseren van juridische contracten. Na eerst ervaring op te hebben gedaan in de advocatuur, besloot ze voor zichzelf te beginnen.

Tijdens haar rechtenstudie werd Wendy betoverd door de glitter and glamour van de advocatuur; de grote zaken die in de krant staan, een veel te goed salaris en de opleidingsmogelijkheden. Bij één van de grootste internationale advocatenkantoren kon ze aan de slag als advocaat-stagiaire. Ze mocht meewerken aan grote, complexe zaken. Er werd veel van haar verwacht en de werkdruk was hoog, maar ze deed bakken ervaring op. In korte tijd werd ze opgeleid tot keurige professional die nooit meer een deadline zou missen. Uiteindelijk werd ze na drieënhalf jaar medewerker, maar na bijna vijf jaar daar te hebben gewerkt, ging ze weg. Ze wilde haar eigen plan trekken, het anders doen dan de gevestigde orde. Met wat spaargeld achter de hand startte Wendy haar eigen advocatenkantoor. Haar cliënten waren nu geen grote banken meer, maar jonge ondernemers. Na een paar maanden begon ze aan het businessplan van Ligo. Al een tijdje liep ze met het idee rond om het maken van contracten te automatiseren en juridische diensten aan te bieden voor een vaste prijs per maand. Ze dacht: als het sneller, goedkoper en transparanter zou worden om al je juridische zaken voor je business te regelen, zou iedere ondernemer daar gebruik van kunnen maken.

Samen met een team werkten ze drie maanden heel hard aan de lancering zonder iets te verdienen. Inmiddels staat Ligo stevig in de markt en wil Wendy met het platform de landsgrenzen over om te zorgen dat iedere ondernemer in Europa straks gebruik kan maken van betaalbare juridische diensten.

www.ligo.nl

Emilie
Blouse: mbyM
Broek: Comma
Schoenen: Noë
via Van den Assem

Martje
Blouse: mbyM
Broek: Comma
Schoenen: Mace

Elisah
Jurk: mbyM
Oorbellen: Eline Rosina

L: Lotte
Blouse & pantalon: mbyM
Schoenen: WE Fashion
Oorbellen: Wildthings Collectables
R: Mariëlle
Jas: mbyM
Shirt: Cheap Monday

Milou
Blouse: Fabienne Chapot
Jeans: H&M
Schoenen: Anna van Mills

Neelie
Kleding: privébezit

Anne
Kleding: privébezit

Madri
Blouse: mbyM
Schoenen: Vans
Ketting & ring:
Wildthings Collectables

Marcelle
Blouse: Mango
Broek: H&M

Marloes
Top: mbyM
Rok: Schueller de Waal
Schoenen: Fabienne Chapot
Ketting: Zodiac Jewelry

Jeranne
Top: Fabienne Chapot
Pak: WE Fashion
Horloge: Rosefield

Sanne
Blouse: Fabienne Chapot
Broek: C&A
Ring: Wildthings Collectables

Nicole
Jurk: & Other Stories

Nina
Jasje: Maje
Trui: Peoples Avenue
Rok: Zara
Schoenen: Anna van Mills

Hanna
Spijkerjasje: H&M

Eve
Top: Storm & Marie
Jasje: mbyM

Ginny
Jurk: C&A
Top: Modström
Schoenen: Vans
Armband & ring:
Wildthings Collectables

Suzanne
Trui: Selected Femme
Jeans: Wood Wood
Schoenen: & Other Stories

Madeleine
Jas & blouse: Zara
Jeans: Monki
Schoenen: & Other Stories

L: Joëlla
Jurk: WE Fashion
Oorbellen: Wildthings Collectables
R: Nathalie
Top: Someday
Jeans: Levi's
Horloge: Rosefield
Oorbellen: Wildthings Collectables

Evelien
Broek: Comma
Blouse: mbyM
Schoenen: Noë via Van den Assem
Blazer: H&M

Wendy
Top & broek: mbyM
Blazer: H&M
Schoenen: Lodi

Fotografie Kee and Kee | Styling Ciska van Grootveld, Chantal Horsthuis | Haar en visagie Fabienne Jansen via altenahaircare.nl, Nikki van der Wijst | Locatie Jan Ligtharthof SOM Amsterdam

Overige fotografie Carina König (Marcelle Mudde), Paul Tolenaar (Madeleine van Schendel), Linda Stulic (Nina Pierson)

VERDER AAN DE SLAG

met Babe, you got this. Het werkboek *van Emilie Sobels en Rosa Dammers*

ISBN 978 90 00 36150 2

Hoe kom je erachter wat je passie is? Hoe formuleer je concrete doelen? En hoe blijf je jouw *inner critic* de baas? In *Babe, you got this. Het werkboek* sta jij centraal en ga je aan de slag met je dromen, ambities en talenten. Dit boek staat tjokvol opdrachten, adviezen, lijstjes, tips en tricks die je zullen helpen om jouw carrièreplannen uit te stippelen. Of je nu voor jezelf werkt of voor een werkgever, de opdrachten zijn voor iedere vrouw met ambitie geschikt.

en The self-made guide *van Emilie Sobels*

ISBN 978 90 00 36526 5

Oké. Je hebt een eigen bedrijf of bent carrière aan het maken bij een werkgever. Je bent self-made. En nu? In *The self-made guide* geeft self-made woman Emilie Sobels jou samen met 21 unieke vrouwelijke rolmodellen een persoonlijke kijk in hun leven, want self-made ben je nooit alleen. In dit boek delen onder andere Roxeanne Hazes, Yara Michels en Mona Keijzer hun belangrijkste businesslessen, maar ook hun valkuilen en missers.